台灣七年級新詩金典

謝三進、廖亮羽 編

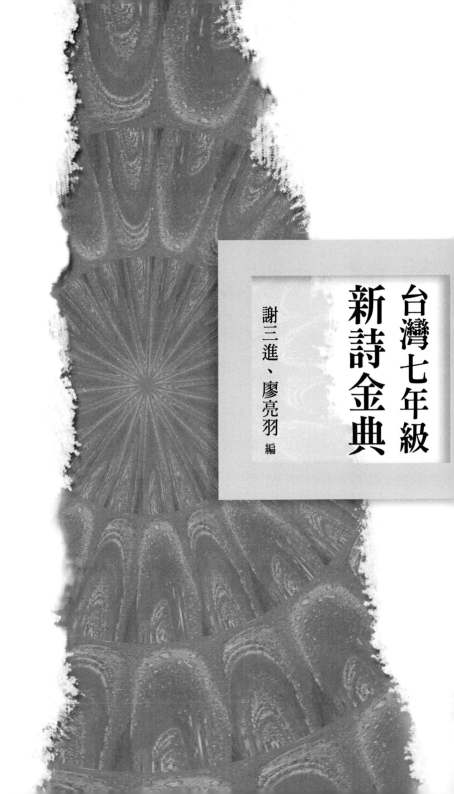

誰怕七年級！
——「台灣七年級文學金典系列」策劃人語

楊宗翰　撰

六年級中段班的我，自去年春天返台定居後，強烈感受到「世代」這兩個字的重量。每家媒體都在談「民國百年」，可見我也要卅五歲了；本土文學書銷售慘澹，但新浪仍毫無所懼、強勢襲岸，隨「出版大崩壞」而至的竟是「作者大冒現」；寶瓶、九歌等出版社將逆風視為順勢，集中資源、全力行銷陌生的新世代作者；新世代讀者則嗜黏臉書遠勝翻紙本書，愛雅虎維基多過辭海大英，更別說在旁還有虎視眈眈的電子書。

世代與世代之間，自然存有差異。「世代差異」四字有時極為好用：譬如每個世代都有各自的閱讀脾性與寫作傾向，部分前輩作家也慣於採「新世代」籠統概括他者（the other）之存在，以便建構鞏固自我（self）與同齡文友間的想像群體意識。

「世代差異」一詞有時也容易讓人生疑：譬如跟我同世代的一位朋友難以抗拒漢字魅力，自力弄出一冊「復古」鑄鉛活字印刷詩集，年終居然進入某大網路書店的超級新人榜，差點成為其中最老的新人。只能說文學版的星光大道報名者實在太多，可見創作與閱讀的需求仍在——這當然算是好消息。壞消息是，如今各世代間的界線與特徵漸趨消散，在茫茫書海中要如何打團體戰？難怪陳宛茜一篇砲火四射的〈新世代面貌模糊？〉在《聯合文學》刊出後，馬上引起諸多議論與反思。

目前恰好介於二十到三十歲間的「七年級生」，正是台灣文學的最新世代。他們之中有些人已經出了第一本書，得了校內外不少文學獎，但苦於沒有全國性知名度；有些人則畢業不久、剛找到工作，寫作成為職場菜鳥期唯一的逃逸窗口。在現今這種低版稅、低銷量、低注目度的「三低」年代，他們拿文學環境沒有辦法，文學環境也對他們愛莫能助。但環境再怎麼惡劣，讀者都有「知」的閱讀權利，我認為還是應該想方設法，集體展示台灣文學最新世代的表現及成績。職是之故，我決心策劃出版《台灣七年級小說金典》、《台灣七年級散文金典》、《台灣七年級新詩金典》三書，並打算繼續進行「戲劇金典」與「評論金典」的編選工程。秉持

「老人所言不準確，同輩評價才中肯」的信念，每個文類皆採「七年級」為原則，小說卷邀請朱宥勳、黃崇凱，散文卷邀請甘炤文、陳建男，新詩卷邀請謝三進與廖亮羽擔任編者，並請六人各自撰寫一篇長序。金典名單皆經每卷編者反覆討論，最後選出小說八家、散文八家與新詩十家，共廿六位備受期待的七年級金典人物。

數位時代應該要有數位出版策略，故三本《金典》皆以E、P同步製作，即紙本書（Printed books）與電子書（Electronic books）同時出版，並採取隨需印刷（Print on demand）技術，避免生產過剩，浪費地球資源。其實《小說金典》、《散文金典》、《新詩金典》入選的作者，無一不是真正的「數位時代人」，有能力在噗浪（plurk）、臉書（facebook）、推特（twitter）或部落格（blog）上自成一家媒體——換句話說，人人都是總編輯。

這批真正的數位時代人，完全有理由無所畏懼：平面報刊限制太多、大門太窄？七年級不怕，因為網路空間幾近無限；紙張貴、印刷貴、出版困難？七年級不怕，出紙本書這麼麻煩，自己直接用軟體作電子書即可；書店不願多進貨、上架兩周便開始退書？七年級不怕，拿 E-books 到 App store 或 Android market 自製自銷，所獲更多。面對「什麼都不怕」的七年級寫作好手，《金典》的印行面市，說不定會成為這批創作者對紙本書最後的致意！

【序二】

晨興理初穗

——敢為七年級詩人早點名

謝三進　撰

「台灣七年級文學金典」三冊的編輯計畫來得極快，完成的也極早，有幸參與這項重要但也充滿危險的任務，內心滿是掙扎。雖然雜誌、詩刊已經開始製作新世代專題，但真正的新世代已經完成（成熟）了嗎；雖然我確實目睹許多優秀作品誕生，但我無法預言那些創作者們是否此生就與詩不離不棄；雖然我們已經費心費力編完了這本詩選，但我仍對編選過程有許多想法……這一切並不完美，這本由年輕團隊編出的「新詩金典」嚴格來說不算完成，但我確信我們透過這過程已經比以往更明白了一些，我們還在繼續，就如七年級本身。這不是本蓋棺論定的史冊，這是七年級（無論是針對創作者還是評論者而言）的期中考卷，得要眾人一同參與評閱。

「七年級」：危險的定名

本書雖定名為《七年級新詩金典》，但不能否認「七年級」這個統稱存在著爭議。

之所以明知危險卻還使用此一存疑的統稱，主要為求在小說、散文、新詩三冊同步進行編選的情況下，有個統一的關注範疇，而為便於讀者腦中立即建立整體印象，於是挪用現今社會對世代討論的框架——我們稱為「七年級」，中國大陸稱為「八十後」，世界各國則可能使用以下代稱：「Y世代」、「N世代（The Net Generation）」、「千禧世代」……你可能已經從這些不一致的名稱，察覺他們指涉的範圍有著些微差異。比如「七年級」（一九八一～一九九〇）與「八十後」（一九八〇～一九八九）就相差一年。

但我個人認為在這本選集內，我們首要面對的問題不在於明確開頭、結尾，而是如何從這一段生活經歷相互重疊的創作個體之間，找出他們的共相——就台灣來說，那可能是來自於對九二一大地震、兩次政黨輪替、宅勢力日盛、台灣電影與獨立音樂崛起、MP3與數位相機普及、一〇一大樓建成、環島旅行風潮、兩岸交流頻繁、歌唱比賽風行……或者單從詩壇結構改變來看：報紙副刊、紙本詩刊影響力減弱、文學獎暴增、網路平台成為年輕創作者的匯聚地、人人都在Blog、MSN、Facebook上運字……共同經歷過這些的「七年級」，因某些集體印象，而在作品中留下了生命的鑿痕（或完全反動）。

但如要找個最佳的斷界位置的話，我個人認為那是不存在的。參與介入詩壇結構的方式有很多種、學習創作的典範也因人事時地而異，我無法（也知道完全無可能）斷定只有年輕人會影響年輕人，或者只有名詩人能說服小詩人，更別說有些創作者信奉的是外文詩人、流行歌作詞者、小說家……模糊、充滿例外，我想這就是使用「世代」此一龐大量詞所不能避免的副作用。然而，這並不代表「七年級」是不能被討論的。我試圖整理自身參與或耳聞的現象、並綜合本次編選過程大量閱讀七年級詩作的心得，從兩個方面勾勒「七年級」這個劃界底下，已經形成了怎樣的共相：

「七年級」塑形之一——語言風格與創作養份

一是從語言風格與創作思維來討論。許多文學獎評審常批評年輕創作者在詩風上常有兩種類型：「楊牧型」與「夏宇型」。但根據另一則批評：「年輕創作者詩寫得多，但讀得少」，則又使我懷疑是不是每個像楊牧或像夏宇的人，都果真是那麼誠懇謙虛虔心地研擬二者的詩風與語言。

語言風格上有這兩種明確的辯識類型，我認為這應是七年級創作者們的創作養份在作祟，這或許可以製作成一個（極為平面的）「創作光譜」：

楊牧↑↓夏宇

語言與創作思索方式的繼承↑↓語言與創作思索方式的破除

傳統文學院↑↓非傳統文學院

（然而在新的詩學譜系不斷延展的如今，藝術學院一派的前衛意識也漸漸「有譜」。）

如同我前面所懷疑的，造成此一光譜結果的，不一定真是「楊牧、夏宇」或「學院、非學院」的作用，特別針對七年級，綜覽創作意識與風格已略具形貌者，發現「像楊牧」、「具有學院傳統風格」者仍不少，但「像夏宇」的人卻似乎較前行代還要更多。前者與台灣中學、大學文學教育密不可分，教科書提供了我們對於「文學」、「詩」的模擬典範；而後者版圖擴張的肇因，大抵可從兩方面來推測：一是詩壇本身的派別繼承、一是傳媒影響的結果。

詩壇派別繼承方面，可以歸納幾個比較常聽見的名字：夏宇、鴻鴻、鯨向海、孫梓評……等，他們各自有各自的達成，但在語言使用上，較諸專注在學院典範、融合古典語詞、句法的詩人們，要來得自由、具當代性；且在詩意促成方面，比起純美詩境的捕捉，則更偏重透過概念式的句子引導讀者思索。此種風格的形成絕非一蹴而就，乃自五、六年級詩人們便開始萌發，而七年級似乎是已成大勢。

而後者最大宗當屬流行歌詞，林夕、陳珊妮、五月天阿信、陳綺貞、張懸、蘇打綠青峰等人，對七年級頭尾都產生著巨大（且許多人可能會否認）的影響，這對當代新詩似乎是個難以追溯（追究？）的潛在影響。這種影響其實早在六年級詩人的成長過程中就已經奏效，只是對於與前行代關係和諧、且一定範圍內延續多過於叛逆的七年級來說，他們若有異於前行代的面貌產生，則必然與生活環境的改變息息相關——流行歌在他們（七年級）擁有更便利的科技產品、傳媒無孔不入的日常生活中，幾乎變成空氣、陽光、水之外的生命成長第四要素。只是一邊爬梳此流向的同時，我想詩人們可以些許感到驕傲，畢竟在其中幾位作詞者的運字歷程中，心中都曾經追隨過某些著名詩人。

除了前列幾位作詞者之外，經常被討論的方文山，其「中國風」歌詞不能否認，其具體的意象與鮮明的節奏感，對於許多初學者具有一定的吸引力，然他在語言使用上所產生的影響應該要更指向古典語詞的包容方面。站在文字創作者的角度，我必須指出，流行歌詞的強大影響力，與歌曲旋律是無法分割的，單看歌詞恐怕並無法撼動眾多年輕朋友，但流行歌詞與樂曲旋律共同完成的氛圍鋪陳、情緒開展，相信是許多創作者初期揣摩進入創作狀態的「心法」。

流行歌詞之外，電影的影響力或許也值得留意，如王家衛《二〇四六》的經典台詞：「記憶是潮濕的」，或《練習曲》「有些事現在不做，以後也不會做了」等等，甚至於周星馳的經典KUSO台詞，也發揮其諧趣的影響力。或許影音作品的描述手法，與七年級某些人偏重視覺經營或情節描述的現況有關，文字對某些創作者而言，可能是影像創作的轉譯也說不定。

「七年級塑形」之二——網路性延異

另一個觀察七年級世代特色的切入點，得從網路著手。

「網路性」早就與六年級綁在一起，難道七年級玩出了什麼新花樣？這點倒不一定有新的達成，但在七年級內部，卻因網路平台使用方式的差異、關係網絡個構成的不同，而能畫定成兩界。「七年級」是否真的可以算是同一群？由這個角度來看，將能發現關係密切度的疏親。

在搜羅七年級創作者作品的過程，發現預計要討論的對象，幾乎全數都有使用部落格（Blog）的習慣。相較二〇〇三年《壹詩歌》創刊號製作的「中華民國六年級最強自選」專輯裡，必非人人都有經營部落格的習慣。經營網路身份的行為（無論是就創作者身份而言、還是就個人身份而言），在七年級創作者之間似乎較六年級更普遍。試圖找出此種現象的源頭，結果可能仍離不開作為前行者的六年級生們——尤指那些當時有經營個人新聞台習慣者——他們留下了讓後人模仿的典型。

此種典型的形成，大抵得從銀色快手發起的「我們這群詩妖逗陣新聞網」串連行動講起。二〇〇〇年開始在台灣造成風行的「明日報個人新聞台」，對當時在各ＢＢＳ站發表作品的創作者而言，是一個嶄新的平台，注重個人化經營的個人新聞台，相較於多作者共同參與經營的ＢＢＳ，更適合展示單一作者長年累積的創作厚度（簡單來說即是豐厚的作品數與有系統的匯整）。只是這偏重個人化的設計，卻因為缺乏個體與個體之間、新聞台與新聞台之間的有效交流平台，創作者們容易陷於費心經營自己的新聞台，卻往往不被發現的窘境，是故方有「逗陣新聞網」的串連行動產生。

然而這六年級生遭遇的狀況與七年級何干呢？正是這串連活動掀起個人新聞台與文學創作的密切印象，在那之後有更多創作者曉得循「前例」經營，不少七年級前段班的創作者們目睹且跟上了「個人新聞台」盛世。正如再更早的青年詩人們曾風行組織詩社、發行詩刊一般，前行代的影響力表現在行為模式方面。

二〇〇七年由九位七年級網路創作者限量印製的詩合集《Youth Poem 2003-2007》，參與收錄的有林達陽、印卡、廖啟余、崔舜華等幾位現下備受矚目的七年級詩人，這本合集由名為「貳捌」的網路社團所編印，粗略了解這此一社團的結成過程，原本各自在個人新聞台發表創作，後來透過幾位喜愛寫詩的朋友互相引介而結成，就關係網絡的密切度來說，與六年級詩人們沒有太大的差異；觀察這幾位創作者所經營的 Blog，亦大多是 PChome 個人新聞台，雖說以 Blog 使用的廠牌當作「考古」材料，並不是沒有疑異的，但在網路此一易受流行風潮影響的場域內，隨著 Blog 市場競爭的消長，使用者在選擇使用上難免也在一定程度上反映了其參與的時期。如果說二〇〇四、二〇〇五年之間，多家 Blog 如雨後春筍般竄起，打破了原由 PChome、Yahoo 兩家獨佔的局面，而新廠牌的 Blog 在功能上（比如串連能力方面）

較原有廠牌更有優勢的話，不難想像其對動搖了市場版圖，以及使用型態的變化——特別在使用者之間關係網路建立的密切度方面。

二〇〇四、二〇〇五年之間產生變化的不只是Blog品牌的選用，還有網路文學論壇的影響力漸大。喜菡文學網「十九禁」版（非專屬詩版）、吹鼓吹詩論壇「少年詩園」與「大學詩園」等專為年輕學子設置的版面，此類版面的誕生，不僅只是詩壇結構的細分，在年輕學子之間，透過這個版面讓他們很早就意識到彼此的存在。相較於六年級與七年級前段班的創作者們，時代稍晚的七年級後半創作者們的群體意識建立較早，關係網絡的密切度亦高於以往。已經由江湖廣渺的獨行時代，踏進喧嘩的詩壇小聯盟時代。

而網路此一科技帶來的根本變化，在於過去許多重要事件往往在私人場合發生，經過許多年後，被參與過的成員出面還原，或有人跳出來拱他們還原，一個事件才終於被看見、被下定義。而在如今，年輕人不時泡在網上（主因不一定是為詩而來），一個事件、討論串出現之後，仍有許多「路人」或相關人士來得及幫「推」、幫「戰」。即時性、自由參與，當然還有時不時冷漠，整個詩壇的歷史似乎有越來越多人加入見證與撰寫。在此自由發言的環境下，網路達成了年輕創作者、讀者進行「造山運動」的最佳條件，各種成熟的、不熟悉的想法都有獲得肯定的可能，多元美學共存此世間（且毫無畏懼），幾乎可以說是成為一九八〇、九〇年代自由開放風氣、後現代現象再延展的良好基礎。這也說明了本次選輯的「早產」並非荒誕——七年級，未滿三十歲的或正滿三十歲的這群年輕人，其實早在訊息流通的網路上，坐擁各自小小的山頭。

難免遺珠……

本次選集的收錄時間雖短，但過程卻並不馬虎，編輯小組們起初從二〇〇八年以來製作的新世代詩人專輯、報刊或各地方文學獎得獎作品輯開始找起，再從中挑出創作品質好、已略具規模者進入編選會議討論。我們納入觀察討論的對象計有三十餘家，有些創作者已有個人詩集可供翻閱，而更多的作品發佈在網路上，小組成員們分工上網蒐集、帶到會議裡一同閱讀討論。

基於版面考量，僅能選錄十家，而這十家的挑選標準，有鑑於「七年級」當前所處的人生階段各有不同、詩齡亦有高低，為避免最終變成「一九八一～一九八二年出生詩人選」，故編者們特意以一九八四年為分野，自一九八一～一九八三年間出生的創作者選出四人，而剩餘六名由一九八四～一九九〇年間出生的創作者競逐。百中選一，難免有遺珠之憾，諸如：魚果、湖南蟲、印卡、波戈拉、王浩翔等多家，他們在風格上已有可觀的完成，在創作質量方面亦穩定，與其再以年輕創作者的身份來「包涵」他們，我想更該將之置於成熟詩人之列審視。至於更年輕的鄒佑昇、栩栩（詠墨）、崎雲、Rinari（蔡雨揚）、海羽毛等人，詩作之中頻頻閃現個人特色，但是否能再拔高創作的品質與精彩度，仍有待時間驗證。而例外如早熟的曾琮琇，其創作發表質量最佳的黃金時期，似乎與六年級較同步，文字風格與創作思維亦較接近前世代，故無納入本次選錄。

其中最可惜的莫過於印卡，原本已名列選錄名單之中，然而目前他人在國外，編選時間又緊湊，恐未能慎重處理作品，印卡方婉拒了本集選錄。但我認為，在眾多讀者心目中，印卡在年輕一輩創作者中佔據了一定的位置，這已經是相當明確的事。另外，游書珣除了文字創作之外，尚有不少影像詩佳作，可惜影音創作目前尚未能進入紙本選集，或許在科技更加進步的未來，如游書珣一般在紙本之外另有開拓的創作者，將能獲得更完整的呈現。

為求公平與確保品質，編輯小組採取「選詩不選人」的準則，但這入選的十家之中，有幾位對大多數讀者朋友們來說尚屬陌生，有個老笑話是這樣說的，街頭有一看版掉下來，砸到四個人之中，就有一位是詩人。在當今發表自由、平台層出的年代，確實我們不斷發現有新的創作者冒出頭來，可慶的是，始終不乏令人眼睛一亮的角色。只是我們也明白，在這資訊爆炸的年代，無論在哪都是一個名字蓋過一個名字，誰都很難被謹慎的對待，我們對《台灣七年級新詩金典》懷抱的夢想之一，也包涵了這種謹慎對待、重新評估的意志，但求有心的讀者亦能與我們一同重新評估這幾個名字。我們該慶幸有不斷發現驚喜的幸福。

講了這麼多，我們難免還是要面對一個問題，二十一世紀第一個十年已過去的今天，所謂「七年級」是否已經穩定、成形？前段班的幾位可能已經完成——離開學院、當完兵、踏進社會、成功穿越幾項人生階段的考驗，踏進了更高的境界。

然而不能否認，七年級後半的創作者們有些剛入門、有些則正開始思考面對創作的「升級考試」。七年級能否「頭過身就過」？還得經過時間的考驗，或許五年後，同樣的主題，名單或有重新洗牌的可能。（但也可能並不）

世代未完待續

《台灣七年級新詩金典》已經完成編輯工作，雖然編者與出版社的努力已經告一段落，但這套（或單看這本）選集的影響力才正要展開。經過了一連串費心費時的討論，當然我們期許能帶來好的影響，期盼正要受到正式注意、但未有人細心討論的「七年級」新詩創作者們，能從這本「新詩金典」開始，受到更多正視。這群人已經漸漸蛻去青澀的硬殼，有些精緻的文字已經綻花。

只是不能否認，這本選集也有引起反作用的可能。在這自由多元的年代裡，所有美學都有被冷落的可能，而由我們這群絕對少數的編輯者所挑選出的選集，肯定冷落了不少創作者。但如今同時也是個需要挺身為自己發聲的年代，在手上資源有限的情況下、在美學概念尚未能互相說服的情況下，站在讀者的角度，我樂見其他更具說服力的選集出現，互動熱烈的時代總是壯觀。

最終感謝多位在編輯過程中一同參與討論的朋友，陳建男、栩栩、郭哲佑、蔣闊宇、洪崇德等人，他們依據各自的觀察，為這個不太好製作的文類（在三個文類當中，寫詩的人畢竟還是最多）提供了極大的助力。《台灣七年級新詩金典》已經面市，戰鬥也已經開始，這不是一場僅只屬於編者與讀者之間的戰鬥，更重要的是所有還很年輕、正要投身新詩創作漫漫長路的寫手們，以及諸多關心詩壇環境、世代達成的讀者們，我們手上的這段歷史還沒停，仍隨著你們頻頻的點擊、翻閱、鍵入、刪除……還在不斷改寫。讀完手中這本（嚴格來說）早產但居然毫不遜色的詩選，我願意相信，一個絢爛的時代就要到來。

【序二】

快樂的讀一本年輕詩人詩選集

廖亮羽　撰

在出了幾期以年輕詩人為主的詩雜誌後，一直想編一本二十歲左右年輕詩人同學們的詩選，讓大家也能認識這群很精彩的詩人同學，讓大人們、老師們跟同學們可以很愉悅看的一本新意盎然的年輕詩人選集。

九月時因秀威資訊叢書主編的詩人楊宗翰老師提及合作一個新世代詩人詩選的構想，也有幸有三進這位文學路上的好搭檔，所以很快就開始進行這個台灣新世代詩選工作。跟出版公司方面討論過後，規劃是出版一本七年級（指民國七十至七十九出生者）世代的詩選，我覺得這是很大的挑戰，當然樂於嘗試，畢竟七年級這十年的斷代是以民國紀年來區分，但詩人的傳承卻不一定是十年就有一個明顯的斷代分野，更不一定是七年級頭和尾的十年就會比六年級中段班到七年級中段班的的十年，在創作實力上和歷程背景上更多共通性相似性。例如在現今七年級前段班的詩人，許多都已極為傑出，詩質風格和受注目程度已足以和六年級中段班詩人並列，而生於七年級尾巴的詩人較為出色者，大多還在摸索自己創作路線，跟七年級前段班詩人在成熟度上也還有段距離。

就製作這一本詩選集裡而言，應是以這十年內的詩人再做分齡的推薦，才能欣賞到七年級頭尾皆無遺漏的新詩作者，所以在這本設定為精選十位台灣七年級詩人的詩選集中，頁數限制名額的情況下，只好讓其中已達高成熟度的七年一班、二班，也限額各推薦一位到二位給大家欣賞，其中有不少七年一班、二班優秀創作者或因為名額限制或因為已幾年未曾發表新作，也只好割愛。不過台灣的七年級世代，做為台灣普遍的國民成長背景跟共同記憶，還是有這個十年較為相近的共通性。

上一個新世代和這一個新世代

歷年來也有不少因應時代而產生的新世代詩人選集，相對於探討比較七年級與六年級世代，這一個新世代詩人跟上一個新世代詩人有什麼不同，可能更有值得觀察的差異性，也更可窺出詩壇創作者演變軌跡。

相對於十幾、二十年前詩學評論家論述當時新世代，認為當時新世代已出版四、五本詩集的詩人，以個人的成就要在文學史上佔一席之地尚言之過早，未來仍有很長的路要走，那更何況現今的新世代七年級詩人，有許多還未出版第一本詩集，主要是現今的七年級詩人約莫在二十到三十歲之間，當時被視為新世代詩人而被提出討論、集結選集的詩人們，大多約莫在三十、四十多歲，兩個新世代的創作年齡跟作品累積有十多年差距。

而當時作品發表的空間有限，大部份詩人被認識進而被選錄至詩選集中者，大都由副刊、詩刊發表而後出版詩集，再年輕十幾歲的詩人，當時也才二十出頭左右，要有四、五本詩集的作品量而能被評論者、編輯者認識閱讀進而研究，是相當困難的事，所以當時對新世代的論述或詩選集會普遍出現在三、四十歲左右，主要是以評論者能開始注意並進行研究的作品發表量，大多在這年紀才能累積得到。

為什麼到了現今的新世代詩人，可能會發生被觀察評論、被詩選集集結的年齡層向更淺齡移動的現象，主要原因也是來自創作者的發表平台產生的變化，隨著電腦網路的普及，網路平台的不斷進階，由ＢＢＳ時代到 PChome 新聞台時代到論壇到文學網到部落格，再到臉書和批踢踢詩版時代，讓由國高中就開始使用電腦網路的創作者，只要有作品，就可以開始在網路上的公領域發表，例如ＢＢＳ、文學網，或是網路個人空間發表，例如部落格、臉書，這讓從國高中就開始創作的作者，到大學時代二十歲左右，在網路上公開發表而可以被閱讀、被轉載傳播、被研究、被討論的詩作，可能就已經有四、五本詩集的數量，而評論家、編輯者可以透過網路平台認識或評析一位年輕詩人四、五本詩集的作品量，也同樣在創作者二十歲左右就可能達到，這就讓被觀察的新世代詩人年齡層產生更年輕化的趨勢，而當今新世代與上一個新世代也就容易出現詩質與成熟度的差異。

兩個新世代於發表型態和跨界意識的差異

因為網路科技的發展，這已是個將網路空間視為自己電腦硬碟之外，另一個儲存個人作品空間的時代，創作者甚至可選擇今天上午公開個人部落格，下午隱藏自己部落格，不讓大家欣賞閱讀，晚上選擇只開放給特定私交好友，或能解開部落格文章密碼的人，或只有加入某個社群才能閱讀部落格文章，這種網路特性，這些發表型態，也造成現今評論者、編輯者可以在創作者出書前，就透過網路觀察和評析創作者，但觀察評論的作品即使非常多，也可能不全面，主要是創作者可以選擇性的對特定族群發表作品，這對特定對象發表的作品，卻不見得是做評析工作的評論者可以看見的。

這是相當不同於早期創作者的發表型態，也是網路時代成長的新世代創作者發表作品的特色，評論者觀察與評論的新世代創作者，未必是這位創作者的全貌，這樣情況極易產生的片面式作品評論與作者論述，也可能是新世代評論者的特色。

也因為網路發表空間的寬廣與容易取得，現今年輕創作者，尤其是由電腦網路伴著讀書成長的七年級、八年級世代，就直接突破了兩個之前還會被評論家討論的議題。

一是中生代以及之前的詩人要同時跨越紙本詩壇跟網路詩壇的議題。那時評論者尚且會在評論中特別註明或提及某些新世代作者活躍於平媒與網路的特色，視為跨平媒與網路兩個詩壇的詩人，但如今新世代詩人反而大多由網路平台開始發表作品，作者有詩作時則視個人習慣選擇要不要投稿副刊或詩刊，一切都透過電子郵件可以輕鬆自由來去，現今創作者並沒有任何電腦技術上的障礙會造成網路發表的困難，反而因為現今編輯使用電子郵件收稿便利，創作者須去跟更多的詩投稿者競爭平面刊物空間。

另一個日漸消失的議題，就是早期新世代詩人因在資訊環境快速發展的時代，一心打破邊界，模糊掉界線，擁有超越各種主義或無國界理論的創作意識，是那時的新世代詩人非常焦慮而積極實踐的創作主軸，因而衍生了影像詩，動漫詩，身體詩，同志詩，情色詩，數位詩，圖像詩……等等要跨越界線的創作。但是就現今的七年級或八年級作者而言，因為成長於網路媒體資訊爆炸的時代，各式資訊不但會透過傳播轉寄的電子郵件或各家入口網站自動送上門，自己也能輕易的搜尋網路資訊或觀看影視節目，甚至成為資訊發佈者。例如上微博、推特、臉書向網友發佈新聞、訊息，這些都讓各種早期看似大膽前衛，禁忌避諱，光怪陸離的議題題材，成為聊天八卦的話題，而不再是有待跨越的議題。

因此，許多曾被詩人視為需要以詩創作跨界突破的議題，如今也成為伴著七年級、八年級作者成長的知識常識，這些如今被當作理所當然的詩類型，自然也不再是七年級詩人首要企圖挑戰的，更不是八年級會認為需要花力氣去突破開發的。因為這一、二十年來已經有不少作品出現，在網路詩論壇跟臉書，這些讀者都能輕易跟創作者討論作品的網路機制設計下，甚至讀者對作者發出的訊息或對作品的建議或對作品的修改模仿，都可能跟創作者產生互動，讓創作者在網路已發表的作品，即時檢視進行修改，甚至在下一首創作的作品，依照讀者建議而調整，這些網路的互動性，形成了創作者與讀者的跨界。

而在這個連讀者都能輕易跨界變身為創作者，來將原創作品依個人看法，在網路上逕行修改為自己理想中作品發佈給網友見證的時代，以及成長於邊界，而與邊界融為一體或本身都是隨時在開創邊界或取消邊界的新世代，都已讓七年級詩人不再面臨到有那麼龐大的邊界有待跨越，轉而關注其他議題。

創作中文學理論與社會批判的式微

不同於早期的新世代詩人在文學理論和西方各式主義的輪番伸張，並有意識的在其創作主軸延伸引用發揚，現今的年輕創作者已甚少為了伸張某文學理論而創作，或因想發揚某西方主義，而將其概念轉變為題材創作新詩，更多的是未曾涉獵文學理論和這些西方哲學主義，創作的基礎、依據、養份，來自對詩集或網路詩作的吸收。近年來許多年輕創作者出自學院，而學院裡的文學老師許多來自當今台灣詩壇中流砥柱的中生代優秀創作詩人，因此他們的詩藝、觀點、詩想、作品、評論以及各類著作，都是年輕學子創作的養份，也都成為七年級、八年級詩人創作成長期不再向外尋找理論或求助各式主義的主因。

在關懷的面向上，早期的新世代詩人較常反應現實，觸角伸展至以往被視為禁忌的陰暗面，或許是因為那時成長於戒嚴時期的詩人，面對台灣解嚴後，言論與經濟開放，社會混亂失序，政治對立的陣痛期，當初成長於規律嚴謹年代的創作者，受到環境變化產生的巨大衝擊，自然會關懷這些社會政治的亂象，意識型態對立的台灣現況，創作主題上會普遍的出現對台灣、對亂象的批判和嘲諷，這是那一代年輕詩人很難迴避或逃離的創作題材。但因為七年級以降更年輕的創作者，本就生長於這種紛爭不休的政治環境、言論自由的發表場域，從小面對傳媒多元的年代和瞬息萬變的社會，對台灣的這些種種自沒有太大的差異感，也沒就沒有太強烈的想法，會以對台灣各種亂象進行批判嘲諷為創作主軸。七年級詩人創作面向反而更多是回歸到對自我、對未來、對感情的不確定感懷疑感，而試圖在詩中做探討、做反覆辯證、做新的詮釋定義。

不可不推十位「七年級新詩金典詩人」的理由

這次跟幾位年輕詩人一起編選的《台灣七年級新詩金典》，共集結了十位優秀的七年級創作者詩作而成。如同上述，上一個新世代詩人之後，這一個新世代詩人另有關懷的場域和書寫的目標，在創作中為此探討，反覆辯證，重新詮釋定義，都有出類拔萃的表現，我們選輯了我們很欣賞很喜愛的七年級傑出詩人，並鄭重向大家推薦他們，裡面可能已經有大家耳熟能詳的知名年輕詩人，也有大家可能覺得很新穎而陌生的名字，但都是獨具魅力的詩人，深具值得推薦的創作丰采與獨特風格。

（一）詩人何俊穆由於對自我要求甚嚴，創作量少質精，到菲律賓服替代役的那段經歷，讓他從開始創作時，本就已經有意識在創造新織的詩語言，更加隨著他遠行異國的遼闊心胸視野，而和全球化議題人道關懷主題結合，以更新穎的詩維，層次分明的展開在我們面前，讓讀者不得不喜愛不讚嘆的一位已見風格的七年級詩人。

（二）詩人林達陽為詩藝獨占鰲頭，技法多元的新世代詩人，詩質極為早熟精湛，少年時期至今得獎無數，擅長在抒情詩中以自然萬物的風景推移，變幻詩中情感，讀其詩能讓人沉醉於景物情感交融、至情至性的氛圍中，他的個人詩集和造詣都是能讓讀者擊節讚嘆的藝術。

（三）詩人廖宏霖為新世代詩人中少數具有獨特駕馭長詩長句的能人，他不但已經在長詩經營中卓然有成，也擅於在詩中以詩來探討詩，詩人和詩議題，看他創作長詩就像經歷一場詩句搭造的雲霄飛車歷險記似的，驚奇萬分又回味無窮。

（四）詩人廖啟余是一位對於開拓詩語言和題材風格努力以赴，而終至有成的詩人，除了詩語言剛硬而詩意強悍，讓人印象深刻，目前相當令人驚豔的國外哲學事件題材，國內歷史議題和文學史人物題材，構思跟詩意都相當完整，窺看得見詩人意志綿密，對社會歷史這些硬題材的選擇和毫不畏懼處理的氣魄，都是創作中非常難得一見值得一讀的傑作。

（五）詩人孫于軒（筆名太空人spaceman）是現今批踢踢（ＰＴＴ）的詩版代表詩人之一，他的創作也大部份集中在網路的批踢踢詩版發表，詩句的鋪陳與意象衍生，跟一般學院派詩人有非常不同的味道，在他詩作中常處理現代人生活現況遇到的問題，質疑世界並讓讀者反思的有力問句，讀他的詩會有令人耳目一新豁然開朗的感覺。

（六）詩人羅毓嘉為敏銳早慧的創作者，從高中時期的創作就有不斷的好評傳播，到後來網路跟平面媒體多方面的發光發熱，其詩作中顯現的對自我、對身體、對愛、對性的題材的開發和挖掘，反覆辯證，都是那麼大步昂揚的走在七年級詩人前端，非常炫目非常耀眼，讓讀者無法忽略這顆詩壇新慧星。

（七）詩人崔舜華為新世代跨平媒網路的創作者代表，但更以在網路詩壇的表現備受矚目，她在網路詩論壇、在批踢踢長年發表創作，且質量俱佳，詩風也已極具個人手采，透過網路認識她成為她讀者的群眾越來越廣，其詩作非常能呈現當代獨立自主有想法的女性面貌，讀她的詩當下會感到快意，那精彩就在於看詩人將這世代男女關係一次次重新定義，一次次重新詮釋，探討愛情關係裡，男女位置的變化，強弱的互換。

（八）詩人蔣闊宇在大學生涯的創作能量已經打造廣闊厚實的基座，在學生時期能有如此質量俱佳，創作軌跡經歷二個以上分期的創作者非常難能可貴，其詩句平易近人而每每能讓人深思，透過詩人的各種類型各式題材的書寫，可以看到現代的年輕人對生活對社會對環境對情感的懷疑感，也可以看到詩人以詩語言通向對世界對未來對感情的安全感所做的努力。

（九）詩人郭哲佑是大學時代已經出版一本個人詩集的七年級詩人，他的詩情蘊溫厚，總在飽和的內斂中，可以看到詩人的身影隱隱若現，看得出詩人致力於讓詩語言平易近人很好進入，達到讓讀者可以輕易進入詩中的情緒，但進入後卻常會如進入情感迷宮般，最終仍不易解讀作者本意，他的題材總是很純淨，詩句也很乾淨節制，許多詩往往如透過風景布景的改變，讓意義出現，這是詩人已然隱隱成形、極吸引人的獨到風格。

（十）詩人林禹瑄為高中時期詩作已經極為成熟的詩人，二〇〇九年年底大二時已出版個人第一本詩集，高中時期持續在個人部落格鍛鍊各種長短詩、各式詩題材，奠定深厚基礎，而在高中畢業前即有很豐碩成果和爆發的能量，她的詩質密度和詩語言的自我形塑風格，已經是同輩詩人中頂尖的佼佼者，在她自己佈局的詩世界裡，一字一句都如同與情緒氛圍編織成一件衣裳，讓讀者邊讀邊不由得穿上而感染那件套上身的情緒，然後隱約會感到情感在詩句過處，意象在衣衫一角的飄揚起伏，這是她獨樹一幟的創作特色，也是讓詩人的讀者群由網路部落格追隨到紙本詩集的魅力。

很美好的事是，《台灣七年級新詩金典》這本書本身是極為豐富的寶藏，值得我們花一個下午，一個今天，一個季節翻閱他們，品味他們，因這確然是一本會讓人讀得很快樂的年輕詩人詩選集。

目次

廖啟余

太空人

羅毓嘉

林禹瑄

何俊穆專輯

何俊穆

西元一九八一年生，台東人。自高中起開始寫詩，於中山大學中文系就讀時曾任系刊主編，並開始將關注與創作的觸角伸向劇場，西元二〇〇七年以《倒立與沉默》獲得東華大學創作與英語文學研究所創作組碩士。除了教育部文藝創作獎、時報文學獎等獎項外，寫作生涯，亦即現實生涯中的其他亮點可能是申請替代役前赴菲律賓教中文。喜歡Rainer Maria Rilke（一八七五～一九二六）、Emily Dickinson（一八三〇～一八八六）、顧城等詩人。曾任高雄女中戲劇社指導老師、林正盛電影《月光下，我記得》幕後側拍並與台東劇團合作演出，目前為李清照私人劇團舞台監督和編導。

針尖之上；疆界之緣
——何俊穆論

吳宣瑩　撰

當七年級詩人仍被放在「經驗普遍」、「關懷貧瘠」的框架中審視，當我們正全力擺脫前行者加諸己身的「新世代面目模糊」枷鎖，是否有人渾然無事地遊走於邊界，甚至遠颺於外？

倘若有，我相信何俊穆必然列於其中。俊穆雖不屬文學獎常勝軍一員，但他對詩的掌握與敏銳其實不遜於任何我們耳熟能詳的年輕寫作者。〈這一種傷心〉中起首兩句「雨中的蕭邦／像演奏一張針床」，對於疼痛與忍耐、愛與死的拉鋸迴還無比精確地呈現眼前，這無時無刻催逼且細密刺向讀者的意象精奇獨到，使人不得不對其設想與感官世界驚艷。

詩人對周遭環境和文字的易感，與直指本心到幾乎能夠稱作洞察的本領往往使人畏懼，同時又獲得至高無上的閱讀快感。譬如〈紀念品〉中午看碰巧、實則有意的安排，姑且不論這背後的那隻手乃是詩人的手，抑或命運之神的手，但對於這濃縮的瞬間，詩人僅淡淡地自述：「我只是想成為異國商店裡你拿起來／又放下的紀念品」，使人讀了心下凜然。另一首情詩〈撫摸〉則描繪百般傾吐扣問卻始終不得其門而入的膠著難耐：「我曾經想像鎖孔的造型，曾經以為／自己是那把鑰匙。」傳神而體貼。

另一方面，我以為俊穆亦承襲了自《笠》詩刊以降歷久不衰的社會詩傳統，縱使前有吳晟、鴻鴻等詩中具備濃厚社會關懷色彩的名家，但在他〈這裡、那裡——菲律賓即景〉、〈天堂邊緣——至 Banaue〉等作品中我們能夠窺見年輕詩人對社會的疑惑與辯證，辯證的內容恐怕並不僅止於階級高低、開發／維持現狀（傳統）、外來殖民／當地原民價值觀之爭，而是二分法以外，生活於灰色地帶且不知時代將推著他們往哪裡去的群眾本身。詩中雖然以菲律賓為背景，所描述者與台灣島上人們面臨的困境其實相去不遠，何況在敘事與社會批判外，詩人尚不忘於語言、情境、音韻等種種寫作時必須費心折衝考量的層面，以滿足詩的美學需求，在同世代詩人作品中我以為並不多見。

確然，除了遊走於感官的針尖上，俊穆更勇於突擊疆界——這不僅僅侷限於個人情感的邊界，在詩的技藝、社會關懷與自我等層面上，他亦大大擴充了我們對七年級詩人的既定印象。作為下一個世代的先鋒，俊穆早已遠遠地拋下了同世代的寫作者，獨自前往詩的邊界墾荒。而除了關注俊穆未來將帶給我們怎樣的震撼驚奇，我以為就算著眼於現在，閱讀，以至試圖捕捉窺視那隱藏於敘事聲腔與姿態背後，詩人內在那座設計精巧平衡的小宇宙亦帶給你我極大的享受。

紀念品

我聞到結巴的味道
或者咳嗽
咳嗽和你吹過的風
吹過草原海洋和漱口杯然後吹到你的風
這些句子都不屬於愛的
只是我剛好在場剛好感到涼意
又剛好說了而已

無人的房一扇門正好推開
夏日飛機緩慢爬升
晚餐有雲

我只是想成為異國商店裡你拿起來
又放下的紀念品

娘

擅長火，擅長等待，擅長按掉
全部的電源開關，擅長彎腰
擅長藥，擅長在線路彼端
沉默地回應我回應的
沉默。

總是，坐一把涼椅
細看香炷焚化整座夜晚
壁虎棲身時鐘的後背
像自行運作的電鈴，每日
舉辦返鄉演習

使路燈取代歸人，大規模
漏進紗門，那模糊的方格剪影
風濕般爬過耳際，一陣
汗毛的冰涼立如針尖，痛覺中
永恆傳來刺問：
「你，是否能夠聽見自己的心跳聲？」
或許
鼾息就這麼被縫入黑暗
指紋褪成黃紙
也有一點可能
痲花辮仍扎的穩穩
昨天才剛剪去書包鬚鬚
初潮迫不及待，橘帽

旋轉飛碟，我
是被夢擄走的嬰孩

不擅長睡眠，不擅長新
不擅長骯髒，不擅長飛高高
飛的太高，不擅長搖滾
不擅長漠然走過寺廟，不擅長
五月的第二個禮拜天

就讓剩餘的白晝
給床孤獨躺臥，空氣
彷彿乳臭，也許淡淡的痱子粉
還在降落，一點一點熨平
床單表面，從青春深海

反芻而來的浪花。記得
鍋鏟還沒洗呢！
小份的青菜、兩杯米
肉絲十幾，豆腐乳
已經過期。

娘，我和你
就像螺旋階梯的捉迷藏
看不見彼此奔跑
卻又擅長彼此徬徨
誰都止不住飢餓
誰都在遠處一無所有地
挨著對方。

鴿樓

薄霧清晨，橢圓小影來回擦拭
哭濕了的青草地，他們輕盈振翼
竟將世界壓低了幾吋，我垂下頭
泥土長久蒐集的腳印正在溶解
一條朝東的小徑

陽光或者羽毛？紅樓身旁
大規模飄落白絲
像一群柔軟的針提示了縫
提示風，還是因為帶刺
而決定放逐自身……

大門已禁不起鎖了，我邊延繞行
階梯旁數百格窗都是出口
隨意歸來和離去
欄杆褪著時間的舊皮
爪痕且死且生的迴向手掌
彷彿停留是痛苦的：
　　誰曾經行走綠茵，大地沉默的胎盤
　　誰狂妄攀爬天梯，意圖化身最喧囂的風景
那些登頂的全都消失了
只剩上與下之間
容許翅膀游移
懼高懼低，鼓動
就成了一生，甚至
飛行也屬徒勞，如果天空依舊存在

偶爾烏雲似乎可以觸摸
如果雨仍未降下來

這裡、那裡

——菲律賓即景

明天我要去那裡
探訪那條注視我的
河流成的水溝，牛奶和椰蜜
浮沉如正午的白日夢中
有婦女就地洗衣
晾著赤裸的孩子拖鞋遊戲
追逐硬幣，正反相同的結局
他們歡笑並且
一無所有

今天我在這裡
玻璃窗內側，觀景窗後面
撫摸超市隔離外
數對細瘦黝黑的雙腿一如
整夜的乳鴿舞踏
革命的刺刀尖
遍地槍火，生烈焰的枝頭
學飛已無枝可棲

明天我要去那裡
討價還價論根販售的香煙
蘊蚊蚋肢體甚至我血液的燒烤
花去所有馬糞味的紙鈔
貢獻給後腦杓

一顆熱帶的子彈
有時候，金錢是衣擺
在風裡被割取
有時候金錢是遠方的旗
看著它能飄動自己

今天我在這裡
搭乘前往購物中心的人力車
和我的女僕瑪莉亞
一起搬回3C商品
順便在全亞洲最大的商場
護膚護髮全身精油指壓
隔壁的太太
正用下巴挑選床單

他的先生在家哀悼
昨日腳指痛風

明天我要去那裡
神已去過
也留下來的地方
（你看，到處十字形狀）
今天我在這裡
走過了路口
前方就是貧民窟

天堂邊緣

——至Banaue

誰將山嶺踩出綠梯
踩出稻跡，踩出
不證自明的生意
天空以雨回答
一陣蔥嫩的細針插滿環圓的心
柔軟扎下的傷口
掩著四月，古早之前
埋沒的披掛著緋紅的靈魂
泥土巨大而暈眩

如鹽，我們終將被劇痛催黃
垂稻稈上多瞳的眼
看陽光在雲後，在風裡
餵養等高線底
新生的初啼

哭泣的嬰孩
以泥土質問文明
質問美，質問
避孕藥及美白乳液
世界究竟是汽車的板金
或長途歸鄉的旅行
母親，我能往哪裡去？
如果這山

被未曾謀面的外人目為資產
不得絲毫毀傷
甚至，我也歸化保育類
讓小學課本記載：
「伊富高人，仰農耕，善畜牧，傳
統以茅草搭建住居，圓形尖屋頂
為其鮮明標幟，一眼即可辨認，
在高山省的森林裡，他們遵循遠
祖的方式，不依靠自來水和電力
，過著自給自足的日子，在世界
文明的演化過程中，伊富高族如
瑰麗的珍珠，原始，驕傲且知足。」
母親，當新時代的電動玩具
變成傳說中的神器

父親仍駝著自己的脊椎
像孤寂的鐮刀
將祖譜合盤收割
他的父親，父親的父親
都在春雨裡結穗
而我只是其中任何一顆
曬乾了的穀粒

母親，若天空的回答
剛滲過去年剛搭建的鐵皮屋頂
為什麼門外窺伺的金髮陌生人
願意打著傘千里而來
簷下方晾起的衣服
不曉得何時才能風乾

這一種傷心

雨中的蕭邦
像演奏一張針床
凝視帶來刺痛
我們早已失去聽覺

線頭解散窗簾
害得冬天直直走進來
敬禮然後
親暱的擁抱我
像一場愛
更像一場死

撫摸

我曾經撫摸過一張臉，撫摸過
眼睛上的眉毛以及眉毛下的眼瞼，
我曾經撫摸過頭髮，頭髮遮掩的後頸，
頸邊的鎖骨，我曾經沿著脊椎
探索直線，如一把矯正遺憾的尺，
我曾經接近耳朵，觸碰所有進入的聲音
被憂愁決定了的時間，我曾經
停留那顆痣，撕開黑暗的小宇宙，
做最不理想的決定，我曾經握緊一雙手臂
哦對了，二頭肌尚未成形，翅膀
卻缺乏飛行的宿命，我曾經

指向背後的穴道，曾經百般傾訴
而沉默的另外一面，徘徊心門緊閉
我曾經想像鎖孔的造型，曾經以為
自己是那把鑰匙。

林達陽專輯

林達陽

西元一九八二年生。高雄中學畢業，天主教輔仁大學法律系法學士，國立東華大學創作與英語文學研究所藝術碩士。
曾獲聯合報文學獎、時報文學獎、自由時報林榮三文學獎、香港青年文學獎、教育部文藝創作獎、宗教文學獎、優秀青年詩人獎、台北文學獎、花蓮文學獎、海洋文學獎、台大、政大、東華、輔大等校文學獎及詩獎，大英盃排球賽亞軍。出版詩集《虛構的海》、散文集《慢情書》，個人blog「南方亭午」：http://mypaper.pchome.com.tw/poemlin。

慢情，詩
——林達陽論

謝三進　撰

如要討論林達陽在七年級新詩創作者之間的定位，我認為他在一定程度上佔據著「領頭羊」的地位。多次在網上看見或親耳聽見喜愛新詩的年輕朋友提起他的名字，於二〇〇六年出版的詩集《虛構的海》，也經常出現在文藝青年們的話題裡頭。一路走來，幾乎囊括各階段重要獎項的林達陽，除了詩句掌握成熟、詩行間伏藏思想之外，十行內短詩（如〈承受〉、〈禁忌〉）、或長達上百行（如〈藍色筆記〉、〈備忘錄〉）的長詩，也都傳下佳作。在詩齡尚屬資淺的七年級詩人之間，運字已逾十年的林達陽，確實展現了其長年累積的創作厚度。

在林達陽的詩中，萬物似有其掌故。在某些創作者的詩中，場景可能只是場景、意象是一次性意象，而在林達陽偏長的詩句中，出現的每個景物都有它的身世與態度，在那情節與屬性密織的詩行之間，一個切合主題的世界便自行衍生：「夜色已自山脈的陰面／逐一剝落下來了，風在葉隙／鬼魅一般地哭」、「院裡，搖晃的曬衣繩上掛有衣物／謎語一樣的縐摺內裡，藏著許多／髒汙的痛苦。」〈一切〉；「此刻／我願意承受那些無比堅決的／恨意與快意，像隻健康的麋鹿那樣靜靜地／立於海潮上快速融化的浮冰，彷彿／是真心真意／就此失去一切了」〈告別〉。

而推動詩中情意進展的，是許多細節的描述。那是一種緩慢的、細緻的時間感。是在這樣慢轉的鏡頭內，給了詩中景物足夠的戲份：「逝者深如大霧，看不見的你／夢寐裡意識紛紛如雨／落在豐饒的野地，書寫河渠脈絡／水墨汩汩搏動，那些不均勻的字彙／那些遺事氤氳，也待清明之人翻閱沾印／來世，辨識生死的紋理」〈清明〉；「如果／無聲的行走使我迷失如一隻鞋／為時時對稱另一部分的自己／感到疲倦，如果時光的鞋帶／纏繞我從這端穿過那端／綁緊一條潮濕的路／彼此成為行李與捆繩」〈如果降下大雨〉，完整的情境與情緒脈絡於焉產生。

在林達陽早期的詩作裡，也多次見到對話框——「　」——的使用，這樣的對話框經常獨立成段，並大多出現在詩作的末段或後半段。在林達陽著力靜景織造的詩句之間，這些對話總能起到情境深化、語氣轉換的動態效果。比如本次入選的〈禁忌〉與〈煤鑄〉，置於末段的對白段落既收束先前的經營，又使情景隨此亦我亦他的角色口白富有戲劇性。有如劇場演員初登場，完成一系列細微的動作，走到舞台中央，正要開口引領我們走進他的故事……。

告別

星光靜靜俯視著，群樹折腰
將柔軟花葉深深埋進溪水
芬芳的漣漪浮出。有人
曾沿著小徑鑽入思想的風裡
讓夜穿透前額，隨著螢火的線條輕輕
沒入鬼魅們陰暗的心底

在這裡我仍是一片絕暗的樹林
林子以外，大雨不顧一切的落下
千萬個木魚同時哀傷敲打
將我擊沉，在經誦迴轉的漩渦裡

軟弱地絞碎那些經脈分明
卻一無所有的故事

如今妳還是能夠歡笑的嗎？妳居住的
無名小鎮裡仍有酒館，酒館裡
還有許多美麗而拘謹的杯子
在等待一個跌碎的可能嗎？從聲音破裂的
紋路間湧出，時間之流此刻
已從足脛淹至我的胸腹，我的
唇舌我的呼息，我的眉眼
所有縛綁著的承諾都被一一沖散了
我攀附著自己慢慢下沉，在波浪間
隨光滑的歌聲暈眩起伏

單純的酒裡也有著水漩一般
喻意複雜的快樂

至此，我就不再奮力抵抗了
我試過所有寒冷的表情
仍然無法抵禦青春灼熱的絕望
冰原終於在遠方全面地
撕裂開來了嗎？此刻
我願意承受那些無比堅決的
恨意與快意，像隻健康的麋鹿那樣靜靜地
立於海潮上快速融化的浮冰，彷彿
是真心願意
就此失去一切了

清明

清明有雨，大眠之地生出鮮豔菌霉
等待著電雷刺穿雲的肌理
在廢夢裡，灸治死去的穴位

遺憾的睡意於你又如何呢？即使
躺做一行長句，指涉風水東西
仍時有蛇虺與地震糾纏，夢寐裡
瘟疫在彼傳染，遙遠又貼身的痛苦
的恐懼，讓足印閃爍輕輕燐火
讓蝶飛過泥地，讓風雨渙渙
塗改不願凝固的碑銘

杜鵑在風中撲翅，彼此壓抑
花草焚生野火，蔓長清明的新芒
在光影的噓息裡刮劃，春雨
瑣碎地鍛打著靡靡寂寞
磨損我，令肉身緊緊寒冷成一只
預言的鐵針，從針眼流出憂鬱的霉線
候鳥正飛越季節，千萬方位
皆在經緯之間疼痛地糾纏掙扎，直到風起
才從爪隙漏出淒厲的回音

讓回音在天光裡丈量時間，久久穿行
逝者深如大霧，看不見的你
夢寐裡意識紛紛如雨
落在豐饒的野地，書寫河渠脈絡

水墨汩汩搏動，那些不均勻的字彙
那些遺事氤氳，也待清明之人翻閱沾印
來世，辨識生死的紋理

禁忌

廢棄的神社裡，巨大石像仍盤坐於原位
守護一個堅固又神秘的傳言
其脛蔓滿苔蘚，其影如蛇虺之穴於水湄
叢叢生長著陰森的蕨

「面對生命，我已經很久不曾說出
那些簡單的憂慮……」

煤鑄

沒有風試圖點燃，夜晚
在密林承受的雪景內裡
煤兀自在鑄造自己，在
季節沉默的擠壓之間，葉腐
和芽抽的慾望，將生死
逐漸濃縮出一副烏黑照人的筋骨
以道之於僧、光之於火
的修行

曾經只為了記載那些
被蛇虫附會又穿刺的過往

藤衣、禽巢、獸穴，煤是如此
被鑄造以記載的概念，匍伏為時間之流
一條靜止的血脈，滋養文明
最接近文字的靈感——
形聲的韻腳、會意的喻指、象形的
柱樑結構。在宗廟的藍圖裡，簷燈
將懸掛於某個高度，光的脈動、流速……
煤在草木溫暖多汁的想像中
被隱晦、抽象、嚴謹地斟酌著
鍛煉著，某一久存、易燃卻又內斂的
堅忍的形式

像日墜地而迸散為星月，像字
演化出歌詩，萬物彼此鑄造、引燃，彼此

感染，觀點如風，從所有的眼
吹向山野：

「山為林鑄，林為雪鑄
雪在夜裡鑄成火與泉水
煤為彼等所鑄
在風裡鑄成未來的光、顯像的影
或在那人臉色裡鑄一則易於塗改的
淺白而易燃的瑣事」

一切

夜色已自山脈的陰面
逐一剝落下來了，風在葉隙
鬼魅一般地哭，無法遏抑的孤獨
透過光影的推演我試圖想像
這一切：瀕死的蜻蜓在陽光水湄交尾
冷靜而痛苦地滑行。在屋裡
內向的女孩為了無人知曉的戀慕
埋首夜書，琉璃窗透著光
溫和而絕望的幸福

昨夜我能入睡，河水曾流經
夢的橋墩，以神秘漩渦
鑽探記憶的螺旋
暈眩的夜晚我也曾躲入房裡，對鏡
與影像周旋摩擦，變成窗
窗外敗壞的樹開花了
我又想起那些妳未說出的話
霧水在樹梢密密裹覆如熟果
偶而又讓撲翅的螢火揭去

此時葉尖有露，水光在露裡
看見遠去的女孩正披上外衣，未乾的
背影有些透明，膚血輕輕起伏著
山脈如音樂，承受濕滑之光穿過雲層

均勻地洩下，在重疊又重疊的樹冠底
孕懷著甜熟的秘密：飽滿的想望，彼此
仔細支撐著的枝葉、花芽，懸空而緊實的意涵。
陽台上藤葛蔓生，窗門虛掩的樓閣裡溫度
剛好，有人起身踱步到窗旁又走回沙發
坐下，閱讀上鎖的書信集

然而凡此種種只是殘破的背景，隨時
可以略去。像一個沉默的走索者我仍注視
院裡，搖晃的曬衣繩上掛有衣物
謎語一樣的縐褶內裡，藏著許多
髒汙的痛苦。湖水攤開佈滿漣漪的畫布
始終沒被表現出來的想法隨著
目盲的風已經吹過點字書

最後一頁，慢下來，妳的指觸……
如此雜沓地此時我已能記起，然而
不應該再多說什麼了，群山之外
那年夏天，落葉有意地
掠過妳瘦小的肩胛

病者

月在推移，擦拭流動的霧氣
大夜裡台階被慢慢踩薄了，慢慢地
不能聽見，從訪客行走的聲音裡凝出露水
那些曾經糾纏受潮，那些如今吋吋
鬆軟下來的情緒仍在等待陰陰春雨
還是黎明愉悅的風吹？

病弱之人細細凝視往日
哀傷如花火，在夜的內裡數算著
讓慾望逐一爆裂、逐一潰散開來
只有座位始終不曾移動，承載著

不同的人，被粗糙的天地琢磨又琢磨
紋路暗暗加深，彼此映襯
浮現出時間之脈絡
生死的裂痕

夏夜星光如灸，在寂寞彼方
不存在的鐘聲又在敲打著蒼白鼓膜
一遍響更一遍，反覆在向他確認
記起某件瑣事的瞬間
愛之疫病像一只生鏽的針終於高速地
穿刺過雕花琉璃

如果降下大雨

如果降下大雨在單人的旅程裡
眾神以雷電尋找我
沒有訊號的手機，如果
無聲的行走使我迷失如一隻鞋
為時時對稱另一部分的自己
感到疲倦，如果時光的鞋帶
纏繞我從這端穿過那端
綁緊一條潮濕的路
彼此成為行李與捆繩，成為
各種形狀的容器

只承受而不延伸其他
更柔軟的話題

我該如何許下承諾如果
容器裡盛放著其他容器
如果大雨降下，傾力撞擊一頂
旅人曾戴起又脫下的草帽
如果我的前額凹陷，愛上某人
如果沿途花朵因體熱產生。大雨裡
所攜帶的乾糧皆因浸水而溶化了
不可知的夜色充滿我心而明日
陽光將選擇超越我在下坡路
一個明亮的夢能吸引所有陰影從後

追趕我，從一種感覺
變成一種行為

我想說的很少但想法
很多，如果降下大雨
我不願只陷入一種腳印
我換穿千百雙鞋，找一個腳型
走一條路，希望能抵達無數方向
之一，如果降下大雨
打濕我的鞋讓我安心
打濕所有語氣讓我著迷於一張臉
蝴蝶般的水光靜靜撲動，難以解釋
像一支安坐下來的音樂

如果降下大雨使有翅的
和無翅的都無法飛行
如果泥濘的行走淤滿漣漪
淤滿日常的光影、言語
在異地的胸膛輕輕起伏
等待流動，等待承認與聯想
如果大雨沖刷讓我顯露出一種
終被分辨出來的口音，如果一張
逾期車票伸出屋簷讓全部的美景
在這裡避雨，讓簷角滴下水落在遠方
此地我試圖明朗地構想：
如果雨停
該如何手寫一封長長的信寄回去
只問你一個問題

廖宏霖專輯

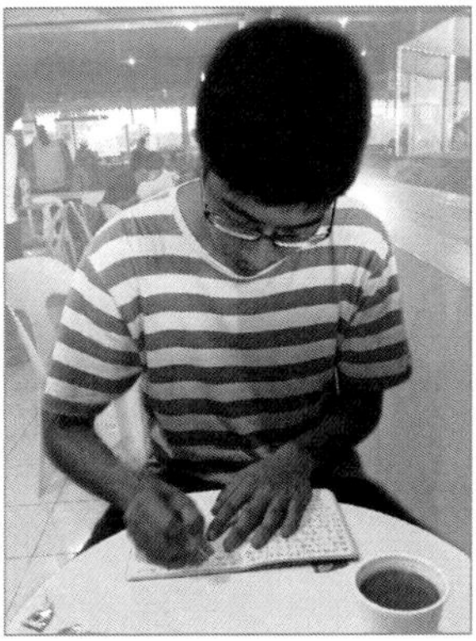

廖宏霖

西元一九八二年生。東華大學中文系畢業以及念不完的交通大學社會與文化研究所。現在人在菲律賓馬尼拉的小學教奇怪的華語。曾經得過一些文學獎，但是後來就沒有了。有的時候覺得自己好像在參加一個實境的整人綜藝節目，世界也許可以很好笑，但是那都是假的。關於我，已經沒什麼好說了，我願意更投入在那些說不出話的自己。

直探語言的本質

——廖宏霖論

陳建男　撰

在七年級創作者中，魚果實驗詩語言的形式與節奏，印卡近期的詩作在其從事翻譯與閱讀中融合成類似翻譯體的書寫，廖宏霖的詩作則不斷在探討語言，回到語言的本質，回到語言的背後。誠如他自述：「語言如果是一種思考的枷鎖，那麼詩語言的詭態、畸零、甚至造作就是鬆開思考、獲致自由的可能。」在〈支離疏——三首關於語言的詩〉中，第一首提到存在的意義，聲音猶如生命的存在，是想像不能穿透的；第二首談聲音，這個聲音猶如德希達提到的聲音，而非音響，不是感性的、物理的表述，是現象學的聲音，如同《聲音與現象》提到：「面對世界的不在場而繼續說話並且自身繼續在場——自身繼續傾聽——的精神肉體」；正因為語言才是在場與不在場的遊戲的仲介，第三首是實驗詩語言的可被複寫性、可任意添加意義，它不是單體，可以一再地衍生出去。德希達認為惟當聲音交流的功能被中止時，純粹的表述功能才能顯現出來，而這也是〈愛或者不愛〉詩中提到，那些語言已經無法表達，不夠精確，但「身體如浪」，你我消融在彼此之中，是可以相互定義與理解的。至於言語活動中的感知與理解，他在〈邊界日記〉中透過箱中之喻寫：「言語僅僅成為某種看見與被看見的姿態」，當聲音不再能正確傳遞意義時，各種想像不再能控制，如德希達提到手勢不具有確切的語言符號意義上的含義，而只具有指號意義上的含義。詩的副標「難言之隱的是我們知道被隱藏起來的部份是如此不言可喻」，正是指明此一弔詭。

探討語言的背後，廖宏霖有些較大的關懷，如語言自由的問題，在〈身為動詞〉中，他更寫出「表達就是一種理解」，透過將身體變成「身體性」，鬆動所有語言與外在制度規範的束縛，這是無法被囚禁、被困住的。如〈安娜〉透過疾病的隱喻與身體對話，回到困境的最初與最終，語言所無法表述的，身體就成為身體性的聲音。即使在近作〈明信片上被遺忘的手札之一〉中，他仍是在探觸此一命題，若沒有語言，在有限的工具中找到表達的方式，可能是想像，可能是無限延展的意義。另一首近作〈我請求在早上你碰見埋我的人〉，雖是在寫海子死，但詩中提到「他像一個不願世故哭泣的嬰兒／遠離軌道的白矮星」，詩人的表述與現實的理解產生距離，形成無聲躍進的隱喻，這是詩之所以成為詩的意義，卻映照現實的苦悶。正如他在〈那些細節都走了〉的得獎感言自述：「詩或許就是一種最隱蔽的逃離途徑。所以，不想被理解的時候，我寫詩。」

明信片上被遺忘的手札之一

這很像是每一次在類似大掃除那樣的時刻，因為召集了所有應該要來的人，而準備的工具總是不夠，所以沒有工具或是被分配到奇怪工具的人，在這樣略顯無所措其手足的情景中，就必須發揮自己僅有的想像力，讓自己有限（或可能根本沒有）的工具發揮無限的潛能，產生某種可以被認可為效率的東西。而這一切的發生極為自然，像是光線不夠了就要開燈，因為，我們已經經歷過太多彷彿在黑暗中手無寸鐵的時候。

安娜

——與憂鬱的對話

「這種東西就像是下午一樣
你不去管它，它一下就變暗了。」

安娜這麼說著的時候
我看見她眼中空白的情緒
和我自己褐色的倒影
漂浮聚集在她失焦的眼珠上
幾乎就將化做被遺棄在大海中央的一滴淚
那是難以辨識的存在與疑惑
我無法揣度安娜正在想著些什麼？

而安娜或許什麼也不想
譬如每天午餐過後
我總是陪著她看著空無一物的餐桌
像是看著一幅素描的靜物畫
漸漸地才感到飽足
安娜什麼都不說
好像沉默也把我們一起吃了下去

而安娜或許什麼都想
坐在窗邊若有所思的時候彷彿也若有所失
好像所有的事物都背對著她藏匿一個秘密的遠行
有時她會意味深長地對著我微笑
似乎在我身上找到了像鑰匙一般的東西
這讓我感覺我更像是一個門

而我不知道門的另一邊是什麼樣的風景
安娜開啟了我去到了哪裡

而安娜或許哪裡也不去
她背對著我們構思不存在的旅行
所以沒有去或不去的難題
沒有快樂或不快樂的困境
安娜只是用她生命裡全部的傾斜將世界舉重若輕
像是另一個偏著頭自轉的行星
慢慢地旋離整個太陽系

那一天安娜的眼輕輕闔上的時候
我把她的聲音拖曳進這首詩裡
她說：「這種東西就像是下午一樣

你不去管它，它一下就變暗了。」
（請唸出聲音，這是最初的話語。）

現在我反覆思忖著安娜說著這句話時的模樣
漸漸了解那是什麼樣空白的情緒……
也許當天色已經暗得不能再暗的時候
當月光傾斜到不能再傾斜的時候
總有些什麼即將醒來
總有些什麼會被記起

安娜彷彿鑰匙一樣插入我的生命
打開一扇通往□□的門
（請填上它，這是最終的困境。）

最初的話語就是最終的困境
日子順序前進如雜草伏地蔓生的圖形
而安娜停在這裡
像一隻憂鬱的蜻蜓

支離疏

——三首關於語言的詩

「支離疏者，頤隱於齊，肩高於頂，會撮指天，五管在上，兩髀為脅。」

一、想像

我們的話語消失、退隱
幾乎不留給想像任何餘地
像去年案上悄然逸失的水漬
被時光的溫度舔舐而去

沒有人目睹日光溫柔的舌
緩慢蠕動伸回潮溼陰鬱的深淵

彷彿口腔即將空無一物
剩下的是比手畫腳般揮舞虛空的遊戲

彷彿撤離的姿勢被語言風化
剩下的是學舌般虛無的照樣照句

說或不說
在誰與誰的觸碰中交換詞性相近的意義

猶如你被翻譯成一百種語言
而我只看得懂一種

或者我被傳述成一千種故事
而你只說得出一種

甚至我們被彈奏成一萬種音階
而無人能夠聆聽分辨

彷彿聲音將我們靠攏
而說話不斷帶離我們

意義在交換的過程中散盡
想像彼此的能力

嘆息重繪腹腔內錯綜的迷霧
而我唯一無法勾勒的就是我自己

所有的沉默與不沉默構成了
一副不完整的圖像

而你和我說不出的話語將會是圖像上
想像力怎樣也填補不了的一處裂縫

所有的神秘與不神秘也構成了
一副完整的風景

而你和我所說過的話語將會是風景上
想像力如何也穿透不過的一處暗影

二、聲音

去年的火花還在眼底閃爍
聽不見淚水沸騰的聲音
我伏在牆壁上不敢喘息

如果聲音與存在絕對接近
像是一對比鄰而坐的木椅的光影
兩種缺席的可能（四種秘密的在場）

想要聽清楚隔壁房間的聲音
想要發出一個
表示已經不在了的聲響

我決定更靠近
更靠近那把在房間的摺頁上
燃燒彼此言語的火

於是火光照亮聲音
照亮二加四等
於六的缺席與在場

像是看（聽）見門外鑰匙正在轉動真相
打開的卻是
另一個無關緊要的房間

而房間裡發出的嘆息守護著
所有事物共謀的秘密
牆壁裡埋藏著死者的聲音

和一本保存良好的日記
日記裡偽裝成格言的直述句
沉穩地宣說不露痕跡的謊話

謊言即真理
是一把倒懸的燭火
加倍地把自己燒盡

而如果床與被褥的深處
是我們尋找真理唯一的途徑
那麼灼傷彼此就是回到原點必須付出的代價

語言將我們烙印
把一些次要的情節說進我們的故事裡
我們的身體不斷交換著已然迷失的意義

彷彿身體由愛縱火
語言以火接枝
聲音傳遞自己像傳遞一種灰燼的情緒

三、如此地焦灼

如此地焦灼彷彿青春期的暴力與愛是一把木質的吉他彈撥出聲響無中生有誰在遠方數著鐘擺動人的節奏與夢想成為哀悼青春的詩人卻再也留不住停止時間的咒語或其他種種植下丟掉了什麼的心情形狀似你我無法真正想像這樣的等待也是如此地焦灼

孿生子 a1

如此地焦灼彷彿青春期的暴力與愛
是一把木質的吉他
彈撥出聲響無中生有
誰在遠方數著鐘擺
動人的節奏與夢
想成為哀悼青春的詩人
卻再也留不住停止時間的咒語或其他種種
植下丟掉了什麼的心情
形狀似你我
無法真正想像
這樣的等待也是如此地焦灼

孿生子a2

（如此地焦灼）彷彿青春期的暴力與愛
愛是一把木質的吉它
它彈撥出聲響無中生有
有誰在遠方數著鐘擺
擺動人的節奏與夢
夢想成為哀悼青春的詩人
人卻再也留不住停止時間的咒語或其他種種
種植下丟掉了什麼的心情
情形狀似你我
我無法真正想像
像這樣的等待也是（如此地焦灼）

我請求在早上你碰見埋我的人[1]

「我叫查海生，我是中國政法大學哲學教研室的教師，我的自殺和任何人沒有關係。」——[2]

他徹夜未眠，整理好自己的詩稿
把房間重新打掃一遍
安安靜靜地將自己縮成果實的樣子
等待地心引力將自己扯下
某種的掉落與回歸

他徹夜未眠，裸身坐在床沿思索海的沿岸
那些殘缺的浪和多出來的自己

摺疊不進詩中的德令哈草原
那裡一切像等待遠行的行李箱
沒有空間是多餘的空間

他徹夜未眠，發覺地板好像總有話要說
俯身聆聽淚水滴落的聲音
彷彿是最後的一場大雨
下在德令哈草原的盡頭
他說他兩手空空，一無所有

他徹夜未眠，在三月什麼都還不算是的季節裡
醞釀某種劇烈的氣候
星光在遠方顫抖彷彿陌生而激動的眼神

他像一個不願意世故哭泣的嬰兒
遠離軌道的白矮星

他徹夜未眠，對於夢的眷戀越來越少
像是一顆赤裸的燈泡
不感到冷不感到孤單不感到漆黑
因為他的內部正高溫燃燒
他的外部正聚集著黎明以前的光

他徹夜未眠，打算在重新估價一切以前
賣出一切
希望可以趕在復活以前
像一道筆直的鐵軌那樣詮釋一切
讓一切通過成為風

他徹夜未眠他徹夜未眠他徹夜未眠他徹夜未眠他徹夜未眠他
徹夜未眠他徹夜未眠他徹夜未眠他徹夜未眠他徹夜未眠他徹
夜未眠他徹夜未眠他徹夜未眠他徹夜未眠他徹夜未眠
陌生人般地離開自己的房間
去更陌生的遠方
成為一個對遠方忠誠的兒子

他徹夜未眠，在微光中把身體展開
面向天空像海那樣總是面向天空
記起自己所有的詩句
走進詩裡彷彿深夜的海有人無聲躍進
而全部的絕望被迎面而來的速度衝撞成

全部的隱喻：
姊姊、太陽、德令哈草原[3]

1 詩題引自海子詩句。海子本名查海生，西元一九六四年生於安徽一處名為查灣村的偏僻村寨，十五歲即考進北京大學法律系，之後便開始進行詩歌創作，其獨特的語言融合了東西方哲學，且有機地發展成某種詩的質地。

2 西元一九八九年三月二十六日下午，海子從隨意撕下的海報背面留下了這麼一段話，接著便臥軌自殺。

3 海子詩中所出現的神祕意象，在語境中給予人某種無端美好的想像。

身為動詞

——給所有為了說話而沉默的人

我們穿越「穿越」這個詞
從後排站起來

我們解散「解散」這個詞
把可以被盤查的一切全部交出去

我們攜帶「攜帶」這個詞
這是唯一可以被留下的證物

我們給出「給出」這個詞
如同編寫一封永遠失效的遺囑

我們不是要磨平言語的鋸齒
而是要讓它吻合某種理想的角度
為了轉動而不是肢解發聲的器官
為了鬆開而不是拴緊想像的瓶子

身為動詞
我們從來不是被困住
而是被「困住」困住

身為動詞
表達就是一種理解

廖啟余專輯

廖啟余

西元一九八三年生，台灣高雄人。高雄師範大學附屬高級中學畢業。曾任政大長廊詩社社長、政大書院中文寫作工作坊輔導員，並開設講座。曾獲政大道南文學獎首獎、教育部文藝創作獎、廖風德文藝創作獎金優秀青年詩人獎等。詩作散見人間副刊、自由時報副刊、聯合報副刊，以及明道文藝、幼獅文藝等文學雜誌，並入選《二〇〇七年度詩選》。除了現代詩創作，亦兼營散文、小品文。

星空的基石
——廖啟余論

蔣閎宇　撰

啟余的詩作時常發表於報紙副刊，拜讀之餘，往往懾服於詩中深具力道的意象，那樣準確、精緻，只消短短數行，便足以營造出清晰的構圖、洗練的意義。如〈遠遊〉詩，「初冬的街燈群／是星空的基石／是胸口一株南國大樹／仍懸著鮮豔沉默的果實」，全詩僅四句、四個意象，卻輕而易舉地完成了精神側寫，那堅定的心志、未來無限的可能、不卑不亢的姿態，以及大宇宙中的渺小人生就此歷歷在目。意象、色彩與聲調的緻密結合，精益求精，孜孜矻矻於要求以象寓情，以拒絕太過泛濫的情感，這便是詩人所獨擅的奇異劍術。

啟余是這樣嚴格的人，詩藝的追求、技巧的不斷磨練他從來沒有放下，更懂得把既有的能力加以組合、轉變，以成為新詩藝的基石。舉例而論，在篇幅上較〈遠遊〉為長的作品中，如〈粗藤〉等，可以觀察到啟余試圖將精鍊的意象，透過繪畫般的構圖術，佈置成有層次、有景深的畫面，讓小幅的意象融合成為全幅意境，讓意義在前景與後景之間悄悄遞移、逐一生產。

這樣精緻的寫作策略，對讀者而言往往是一種考驗，詩人的臉譜不露情緒，迴避在意象的後方，詩藝就是他全部的感情。透過意象的技巧、嚴肅的構圖，啟余策略性地拉開了作者與讀者的距離，拉開了詩與日常語言的距離，同時也拉開了審美的距離，目的是為了維持詩的純粹、詩的美感——對他而言，這樣的詩方能負載情感的崇高。從這裡可以看出，啟余是有意識、有選擇地在承續前人詩藝的脈絡，那或許是楊牧，或許是英詩，或許是另類的古典，但到了詩人手裡，都已經轉化成自己獨有的風格。

啟余的風格無疑是獨特的，在新世紀一片柔軟的抒情聲浪之中，他的聲音不獨是知性的，更有著堅硬、陽剛的質地。為了克服他心目中甜膩的「全糖詩」，啟余發展出一套大理石般的堅實詩藝，或者在形式上苦心琢磨、譏誚諷刺，或者在內容中直面歷史、反覆思辯，以寫出不加糖不加奶，遂也更不符合主流美學的詩句。

前者如〈八八詩草〉，後者如〈法蘭克福一九三三〉、〈敬答徐復觀老師〉等，都足見詩人的神韻於其間。除此之外，值得持續關注的是啟余尚有為數不少的「詩論詩」，例如〈完成〉有句，「當雷雨取消所有的樂器／樹椿蓄滿激昂的水銀」、「我不畏策杖而行／我全部的詩藝就是衰老」，這不單是後設地以詩談論詩的體格、形式，更是詩人言志詠懷之作。綜合詩論詩以及全糖詩論，可以得知啟余不獨對當代的詩場域有過深刻的反思，同時也是少數對自己的詩作、詩藝有著高度自覺的詩人。

因此，啟余是有重量的，不論是他所欲承續的詩藝脈絡、他對自身位置的期許、他所面對的龐大歷史，乃至於他對詩藝的追求、書寫的執著，都足以讓我期待他未來創作的成果。瞻彼淇奧，綠竹猗猗，我相信啟余會一直寫下去的，並且為讀者帶來更多更美好的詩篇。

完成

寂靜就是樂器
當雷雨取消所有的樂器
樹椿蓄滿激昂的水銀

恐怕我只擅長極有限的詩型
聲腔蹇澀、立意隱晦
還不如初初寫詩那些人
的勇敢　我倒極擅長背誦
既然閱讀是美德
況且每一本書後來都一樣：
靜態的均衡僅止於技巧

無遏抑的紀律我不想要
經典裡倖存全賴謙遜
與狡獪　我不畏策杖而行
我全部的詩藝就是衰老

是新的樂器
寂寞的雨一度抵達鐘樓了
到高處預備赫赫的黃金

粗藤

牆角嫩莖游移著
順著雲影花紋
讓老舊的日子結出果實
牆角是嫩莖摸索著、
纏繞刀鋸而粗壯
讓陌生的日子也結出果實

焚燬的瞳孔都觀察到了，
深冬稀薄的光
令她們增生　骸骨般懸掛著

粗藤編荊冠　粗藤
又教誰果實的重荷之歌？
偶然聆聽一把豎琴爭奪著
被滿滿整牆的粗藤
你如何就聽出花是沒有的——
火的硬塊、刺的鐵衛
果實纍纍是一切廢弛的日子

如果敵人來了

二〇〇八年十一月六日《蘋果日報》訊：「馬英九總統今將接見中國海協會會長陳雲林，民進黨發動十萬群眾在馬陳見面所在的台北賓館附近圍城遊行，而國民黨主席吳伯雄昨在晶華酒店夜宴陳雲林，綠營率五〇〇名民眾佔據進出要道，對賓客吐口水、怒罵『台奸』，猛力拍打車輛、砸雞蛋，陳雲林被困在晶華，據轉述陳表示「我不希望看到流血，寧可等。」直到今晨一時三十分仍無法離去。警昨與群眾爆發數波衝突，有警察被圍毆倒地，也有綠營民代與民眾被警察打到流血，為近年最激烈警民衝突。

如果分享過敵人
執汽油彈的種族就能相認

如果他來
獻花卻拓滿黑掌印
那是牠們已抬起屍首
假扮人類行軍
卻空無所有——一被打倒
這些驅袚過的身體
像眦乏齒輪發散出煙霧
像照亮蛇籠、拒馬閃電的孤獨
也照亮琉璃瓦　在紀念堂
中山服的亡靈們
像日語、台語的敵情沒破譯
就仍淋著喧嘩的陰雨
那樣濕冷　滲進血的燒傷
匯聚到鎂燈的視覺暫盲：

標語嗚笛壓克力盾牌警棍、
黑轎車　歷歷槍決的彈痕

敬答徐復觀老師[1]

壹、一九六四A.D.

〈回答我的一位學生的信〉

我已讀過　殘夏流火
開出漿果的碎花
讓她們的林蔭都長成巨樹
那樣地孤獨　葉隙流火的殘夏
的倒映是晴暮星空
一架架星座　是殘夏
流火與全然隱蔽的戰爭
同昔日佩黨徽的志士

（陳誠將死，張其昀[2]王昇[3]
與經國將全力輔佐蔣先生……）
與燒舊書的聖人

（雷震[4]下獄而胡適[5]猝逝
殷海光竟登報「自負文責！」[6]）
因黑暗不能以黑暗征服
殘夏流火　數點微明
文學必不隨媚外主義偕亡
是即便說洋文仍依託於大地
即便化作流螢；「回來吧，葉珊」，
您說，「回夏夜富情誼的大度山。」

貳、一九七二A.D.A.

〈回答我的一位學生的信〉

我反覆讀過　殘夏流火
運行在霜餘的木葉
瀕危的意志與美的可能
抒情我有些猶豫
陣亡名單不就是一首詩
日蝕的曝曬不就比流螢堅持
一如古典　現代主義
的文學史仍舊是殘忍無根據

總吝於保全最偉大的人——
獨哀歌與頌詩
像晚霞紫金的大翼流火

殘夏的巨樹上遠逝，換了時區
黑暗就是朝聖者行走的大地
結束實際的戰爭吧
老師　繼續理念的戰爭
就像那林蔭石拱門
較死亡是更加嚴整誰又敢說，
依賴道德就不算藝術？
我會反駁，老師，我是楊牧。

1 徐復觀（一九〇三～一九八二），儒學大師，認定文學現代主義之引介，乃學者崇洋媚外，實不足拯救中華文化，還將毒化民族心靈。〈回答我的一位學生的信〉概略如上，發表於一九六四年十二月廿八日《學藝週刊》，收信人即王靖獻，東海大學期間曾親炙於徐復觀；時初赴美攻讀碩士。

2 張其昀（一九〇一～一九八五），一九五四～一九五八年任俞鴻鈞內閣教育部長，曾行文威脅東海大學解聘徐復觀。

3 王昇（一九一七～二〇〇六），一九五七年任警備總務政治作戰局第二科科長，一九五七～一九六九年間因徐復觀執筆論政，乃派出特務人員入東海大學跟監。

4 雷震（一八九五～一九八一），《自由中國》社社長，一九六〇年九月因籌組政黨，下獄十年。

5 胡適（一八八九～一九六二），五四新文化重要推手，一九五八年起任中央研究院院長，一九六二年初與同仁茶敘時，心臟病突發去世。

6 雷震組黨被捕後，殷海光（一九一九～一九六九）與《自由中國》社同仁隨即連署文章，發表於《大公報》，於當局嫉恨的文章聲明「自負文責」。

一九六九，殷海光致徐復觀

殷海光（一九一九～一九六九），《自由中國》編輯、台大邏輯學教授。遷台後，殷氏遙承五四精神，力主全盤西化，中國才能實現自由民主，而與儒者徐復觀激烈論戰；思想漸變之日卻罹癌去世，得年僅五十歲。

後來我們離開大陸，
砲燄彤彤的鏞船
寂寂止泊在蕉椰港口，
在白刃的新秋。
別打斷村人的歌仔戲吧；
儘管蚊蠅黑壓壓

曾飛出一本西文書而我們
豐饒后土踏上了焚燬的曹汝霖府，
（遽失瀋陽渡江又陷
徐蚌，終敗退隔一海峽）
於是你咬定那就是窄胡同暴動，
無涉啟蒙，
無非焚死的亡靈，你誣陷我，
附耳予青年們煽惑：
「問題非復古神話能解決……[1]」。
實則你們就良知坎陷，
統戰、通匪、軍法審判，
邏輯如我且算算反攻的公算：
你們的中國，我的自由。

最後最後我們回到了中國，
介壽路的龍旗下。
雷先生的鐵窗、你謫居的香港
潮水仍溫州街漲退，
無有船骸；無有奸邪需指認，
筆鋒摧折唯野草替代，
領略這僅剩軍火的生活。
批判你乃為啟蒙？我說——
豈有隨異教徒估量，
卻能燒滅異教的聖火？
災厄就是哲學，來吧與我
對辯，后土龜裂了
仍是我們的雅典：
長夏鏖戰將盡，

將又有稻浪、清溪與磚房。
這白雲的古封邑，
值得我營構形上學、值得
你就為我作作五四後期人物，
踵武五四人物——
就給你我喜歡的傳統，
徐復觀，我是說，我們的中國。

1 殷海光：〈展開啟蒙運動〉，《自由中國》（一九五九年五上），頁五。

子夜歌

彷彿回憶的銀線
（才離開你一秒鐘）
曾經烏雲的絨緞間旅行：
枚枚溼亮的燕柱
的雨　街燈、天線與
鐵欄杆的雨
驚醒了天使或不驚醒
時間的空絃，遮覆著
翅翼與翅翼的邊緣
貓的雨、女兒牆的雨
細細增添了黑暗的重量

或不增添——是同一種樂器：
許許多多繭、
空的心　像棲息著流螢
像床緣水杯的玻璃
光影下滲　成為窗格
鏡映像虛構的雨
成為你　雨佈下鏡相
（才撥絃彈一個音）
就全幅委諸泥濘

八八詩草

強颱莫拉克沒有得獎新詩
因為林榮三截稿只剩二十四小時
社會不義而文學正義
總還要痲瘋、肛交要異化勞動
與一男性的女性主義者。
幸好沒男性主義者
在新詩類　且有勞報導文學傷神
葉永鋕就死於報導文學
正體字一劃不缺死於〈火星文〉
米勒已遠，不必。但梵谷才來
緊跟著要命的八八水災

誰枉為山神瞧得仔細
一首詩的完成
「要等到另外一個紀元另外一個世代去展開它的影響」
那就是要他們死
到我們賴以維生的譬喻裡投胎
以已度人無非真心一顆、性靈兩句
小林村無非有待我可憐
的那兒　拜託！八八節耶！
不慌不忙我下筆就是一首抒情詩

詩緣情而綺靡　詩抒情
而啾咪　首段宜譬喻顯豁、
宜玲瓏初審只看你水災三秒鐘
中段絕無土石流

很可能，我多方推敲，複審
會推敲屍體在哪兒是絕不可能
詩體之妙
在它漂來了卻乾乾淨淨、淺白（古音ㄅㄛˊ）
像抿著嘴笑的中產階級
決審岸邊，二三子……
颱風已過詩人們繼續生活
手機開而網路關：http://www.我是不是難民？.com.tw
幾年了他們正在穿越生命的河
床，尋找未完成的詩
獎？抒情傳統無非如此
萬物俱足在我溫柔的胸膛
反正我也去不了哪兒
文學正義且隨社會自個兒去不義

如果颱風天稿子沒辦法寄
如果降下大雨，

小林村的阿伯沒有手機
、也沒筆電　那暝他呸一口痰
風直直吹像駭客任務的子彈
而下腰的檳榔樹有一整排
阿伯決定放尿試看看，

（一銀線條爾閃逝在深夜田隴，以接續流螢幽亮的夢
，這就是生活：碩大雨點搭載著颱風，颱風也有啟
示，衝開我心扉，啊，無遲疑，嗚動的谷隘裡吹。）

阿伯從來不看副刊。

太空人專輯

太空人

孫于軒，筆名spaceman（太空人），西元一九八四年生於高雄。畢業於政治大學財政系、台灣大學國發所經濟組，目前為初入社會的金融業上班族。從未加入任何詩社，亦不曾投稿報章雜誌、文學獎。西元二〇〇八年末以spaceman（太空人）為代號在ptt實業坊的poem板上發表創作迄今，最近也開始以相同帳號將作品發表於吹鼓吹詩論壇。

在虛擬的國度中他的腳步不急不徐，不急於開疆闢土，但作品的質量仍舊穩定成長，也持續實行自我超越。詩中往往可以見到敏銳的巧思與生活嗅覺，同時在網路的隱蔽性下，亦嘗試以讀者的立場進行意見交換。較諸許多傳統的腔調，spaceman的作品卻是輕鬆誠摯的小品，一方面展現其獨特而迷人的自我，一方面也懂得攫住讀者目光所及，自有其過人之處。

夢土上的綺麗堡壘

——spaceman論

洪崇德　撰

如果說在六年級創作者的成長過程中，網路漸漸成為自身的一部分，那麼七年級的詩人在汲取養分和鍛鍊詩藝時顯然更加仰仗網路。網路時代不用再靠口耳相傳來知道誰詩寫得好，也不必再為資料的蒐集大費心神。所需的只是如何在漫漫網海中尋找自己的信仰，或在必要的時候痛下決心剪去網路線。

二〇〇八年末，開始在ＰＴＴ詩版發表創作的spaceman便已經善於營造佳句與氣氛。ＢＢＳ的黑底白字下，詩人直行排版的句子體現一種筆直挺拔的思維態度。早期的作品多是面對自己的獨特性，和思考人我關係的自白如：「自己與自己呼吸、對話練習／我也是其中之一／即使必須當別人一輩子」（〈對話練習〉）。

在接下來的半年內，他開始用「肥皂」作嘗試，寫了一系列的作品，如：「我們都喜歡光明的結局／請為我準備一塊／抗菌肥皂；／在身體毀壞前／洗刷心底盲從的部分」（〈盲人〉）。肥皂系列的許多詩雖不容易解，但其中的歧義性與遊戲性質仍讓讀者獲得共鳴，引起一陣在詩中找肥皂的轟動。自此，藉由作品與讀者對話的 spaceman 開始獲得注意，直到他寫了〈肥皂劇〉一詩（未收錄），宣告肥皂系列的完結也是這個階段的終點。

二〇一〇，經歷軍旅生涯歷練的 spaceman 重回詩板，在意象的經營上也有了不同以往的選擇。捨棄較長的句子與篇幅，手法漸漸簡短溫柔，主題也透明許多。短句分行間的留白似小實大，完整得足以引起讀者的感興。修辭技巧毫不費力強求，語言的連結平實又具巧思，像一個把大家耳熟能詳的笑話賦予新意的說書人，在傳統技巧以外有了與眾不同的開展與變化。

於此同時仍然繼承了先前詩中的脈絡，仍善於營造佳句、警句與氣氛，除了自身與世界間的差異，也開始將環保議題、疾病等題材入詩。如：〈亞斯伯格症候群〉、〈阿茲海默症〉、「直到有人開始懷疑我們／其實都是鏡子／才偶爾也想／

看看自己原本的樣子」（〈大同〉）、「知道你／擁有一千種樣貌／可以的話／只是想見你一面／也就足夠了」（〈世面〉）。他對自己詩的敏銳嗅覺和設計能力，往往更能彰顯出在詩末配合的佳句的力度，讓看似平白簡單的字句組合成一個好的結束，也完成他詩中獨特的氣象。

網路時代所象徵的是發表自由、資訊爆炸、容易碰撞和高隱蔽性。在這樣的環境下成長的詩人，一方面試圖超越六年級前輩，一方面也在檢索與消化的過程中建立自己的美學架構。比起在網路世界外成名已久的同輩，spaceman 雖只是一個在網路世界中享有名氣的存在，卻也已經在這塊虛擬的土壤上透過各種實驗與書寫反覆辯證自我，將真實的情境虛擬化也獲得相當迷人的自我完成。

房間

偶爾幻想自己
其實是一間房間
每日曝曬
最起碼泛黃十年
一天收一封掛號信
還期待貼出的出租文
能招來房客

也忘了自己
曾經貪生怕死
怪不得住過
形形色色的分身

不過真的是有人
隔牆有耳
一天到晚一直
偷聽我們都還活著
大概是察覺到
我們一起
說話的時候
整整齊齊的樣子

最後你們一定會走
怎麼沒有順便帶我走
一整天
沒打掃的回憶
已經變成夢

盆栽

我和自己一樣孤單
始終像是一灘
不流動的水
無法倒光
在原地腐爛
每日努力培養隱喻
滋生新的思想
沒有人
可以解出
我們相同的夢

向著太陽
收拾好行李
終於準備要離開
這座海市蜃樓
蒸發後從異地出發
試圖想要遺忘
哪些互相認識而只有
一面之緣的人

如果真的
有這個世界
是否能用力去信仰
不必等血肉現身
也沒有靈魂

就親自灌溉成
一株洋洋灑灑的盆栽

世面

依然是一道謎題
世上真的
有人可以隨心所欲的
移動一座島嶼

一覺醒來
沒有風也沒有浪
世界並不是消失
是有人尚未
動身開始建立

一直以為
世上只有一個我
是什麼讓
最後的夢想都失敗了
難以想像
世界的強大
可以把
我們一起都併吞

知道你
擁有一千種樣貌
可以的話
只是想見你一面
也就足夠了

對話練習

當時他尚未出世
面對整個家族的遺傳基因
就像雙胞胎兄弟
有時候覺得
不知道對方是誰
他們面試時總著裝得體
發抖也沒有關係

或許不是個好主意：沒錢出力
賽後慶祝，最後一次進攻
失常只是尋常表現

有時候轉身離開
只是一種繼續

自己與自己呼吸、對話練習
我也是其中之一
即使必須當別人一輩子

盲人

在我們失明前
請忽視美好的傾向

選一個凌晨關上燈
假裝很害怕
讓自己眼盲

袖手旁觀、充滿敵視
用雙向通話
背叛自己的同類

黎明前
世界只剩下自己隱身
想像是黑暗的
沉重氣氛
用穿梭的步伐
計算純粹的瑣碎

我們都喜歡光明的結局
請為我準備一塊
抗菌肥皂：
在身體毀壞前
洗刷心底盲從的部分

阿茲海默症

我們都是這樣變老
經由一個善意的謊言
啟動孤單的旅程
重新成為搭便車的旅人
對於天氣變得妥協
而不會忘記帶傘
只因為淋雨會變老

到某個地方會忽然想起當時
背包客的經驗
被吉普塞人扒竊過的心

而不小心擁有的異國戀情
曾經住過理想的大溪地
買回多餘的紀念品
只因為我們已經變老

護照都已經過期
地圖上再也沒有想去的半島
記憶逐漸蜿蜒的倒著走
始終深愛著初戀情人
一輩子也不夠讓
我們一起慢慢變老

反正你都已經決定了
突然黃昏也離開了

有些事情很傷心
是很可能會死
至少也要有個好玩的地方
讓我們一起變老

潮間帶

懷疑過我的心
只不過是
岸邊的一床潮間帶

為了維持
生活的多樣性
下定了
很大的決心
時常乾燥偶爾潮濕
沿著海岸的邊緣
被夕陽監視

讓潮汐覆蓋
海浪一來
寄居蟹就準備散開

偶爾有人覬覦
固著的珊瑚
沿著潮線盜採
愛不想成為淤泥
也不想只是一粒沙
期待大雨不停
同流合污

每一日
睜眼醒來都是大海
又還能怎樣

羅毓嘉專輯

羅毓嘉

西元一九八五年生，宜蘭人。建國中學紅樓詩社出身，政治大學新聞系畢，臺灣大學新聞研究所碩士。曾獲中國時報人間新人獎，台北文學獎，全國學生文學獎，政大道南文學獎與台大文學獎等；《INK文學生活誌》譽為「最被期待的年度新人」。著有現代詩集《青春期》（二〇〇四，自費出版），《嬰兒宇宙》（二〇一〇，寶瓶）。作品散見於人間副刊、聯合報副刊、明道文藝等刊物，並曾選入《九十八年散文選》、《二〇〇九臺灣詩選》。目前為中時人間副刊「三少四壯集」專欄作者。

希望與絕望之城

——羅毓嘉論

蔣闊宇　撰

儘管毓嘉的抒情詩已為許多人所喜愛，然而，我最想寫的，其實是他知性的一面，以及詩裡幽靈般無所不在的社會意識。為此，這篇文字便不再追究詩裡的抒情氛圍、寫作技巧，而改用城市書寫的角度來看待這位早熟的詩人。

毓嘉的詩集裡，有部份作品鋪排了大量、繁複的自然風景，再透過句法的變構、語氣的接續加以綰合，如〈許願書〉、〈找一個解釋〉、〈行路難〉等作。然而，他卻不是一個自然山水的歌頌者，初雪山谷、草原少年，所有這些城市以外的自然景物都回過頭來解釋城市以內的現代生活，從而刷新了生活的意義，歷經離開／回返的過程以便重新在城市裡安身。

另一部份的詩作，則穿透了日常生活與個人經驗，抵達城市最核心的運轉邏輯。諸如〈模擬城市〉裡秩序生活與排除政治的反覆辯證；〈跳房〉裡的都會樓房，是空有構圖卻無人抵達的天堂；〈樂高〉刻畫了整潔繽紛的城市、追求快樂的年輕人，隱隱對比黑暗歷史猶如洪荒，彷彿在追問，對我們這代人而言，過往的一切果真無須回首，不必再提？

更有一部份詩作，指向性／別、身份／認同等議題，毓嘉與他的族裔在壓抑的城市裡徘徊四顧，乃至遠遊〈阿姆斯特丹〉以尋求解放之地，最終卻還是要回到自己的城市，回到無所適從的社會生活。〈家變〉等詩則直面父親，叩問「男人」的說與不說，叩問詩人與其族裔的姓氏——然而，這答案未必是父親所能給予的，是以上窮碧落下黃泉，兩處茫茫，終成〈天問〉。

由是觀之，詩人是透過書寫，試圖同這座運轉不停的城市對話。詩集內的詩文本與詩集外的文化文本是互相指涉的，需要互相解釋、互相折射，方能析出意義的光譜。這些詩作因此不是新批評式內在自足的文本，光是把詩中的符號放在詩文本自身所提供的結構、語境、脈絡裡，未必能生產出完整的意義——詮釋這類詩作所需動用的脈絡，是社會的脈絡、文化的語境，社會對詩的介入才是打開作品中意義保險櫃的鑰匙。或者，正是知性的社會書寫讓毓嘉自同世代的詩人間脫穎而出。

職是之故，毓嘉的詩作每每讓我讀到兩個不同的層次：一是精巧的語言文字、華美的修辭句法、特殊的發聲腔調，讓文本之內的意義與形式，構成了迷人的抒情氛圍。其次則是詩文本以外所牽連到的，屬於知性的、社會的思考脈絡，倘若將字面上所標識的符號放回社會、文化的語境，便能轉出更深一層、更具歷史性的意義。

是在這裡我才看見詩人精神的姿態。身處於大城市的人群之中，又時時與人們保有一段距離；用亮麗的修辭術盛裝打扮，卻是為了化妝自己，壓制粉墨底下的情緒暗流；有時是城市的漫遊者，有時是獨來獨往的背包客，用清澈的眼睛看著大城市的逼人風景，看人們在其中聚散離合、喜怒哀樂，看著燈紅酒綠的荒涼世界，這整齊繽紛的台北都會，這座希望與絕望之城。

薊罌粟

也許每個人都被野火燒灼過了，只留下
比較強韌的我莽生的愛
藤蔓與枝節，一時半刻也都將熄滅
記憶的火星飄搖有時極遠，有時

極近。但是否出發去尋找甚麼可能已無所謂
土壤之下長著潔白的徽，它絲絲扣扣
腐生一朵地底的花對照著
萬物和時序。野犬在廢園裡失神地行走

當一場雨降落，沒有甚麼將不被觸碰
神明且對每個人都同樣寬厚
葉脈乾涸總先於枯萎
先於死滅，騰出些空位容納下一個季節

仍想留在那永恆的夏天。正午日光幻化為二
曝視擾動我周身黃花謝落的次序

方言練習

窗子打開，念不出名字的街道
海風蜿蜒在行人交錯的肩
其中有否母親倚著陽光讀字
是我終日習練，舌尖出落一個少女
城市的語言比夾竹桃紅艷，又比
雀榕之夏更加蓊鬱。

彷彿鴛鴦，飛過海峽的航線
光朗如捧一碗清水的陰平之聲
你說。我寫，我願意
填滿二十張稿紙

能因此發出你鏗鏘的音色嗎？
隨你念一些偏旁的事，念蒼松翠柏
念寺院孤雲，拿一種南方的語言
形容你我還沒看見
北地的風雪。又將我名字誦念
入聲似是遠方濁重的盆地
側聽，高架路上車隊正經過……

無風午後我們汗水裡對話
說無關緊要的事，說神明與鴛鴦
陽平陰平的成雙成對
如何選擇是你
我話都好，總想多所練習
讓腔調語言鋪陳如兩人相隔的雲系
繼續在空中蜿蜒

敦煌

她原本是為了尋求解脫而來
看見風推開了山，如墳丘綿延墳丘
沙塚裡的墓葬與靈魂
藏著天宮伎樂都在走廊上飛舞
不必準備乾饃。臉裡都是滿滿的沙

去莫高窟的路上，她想起一首詩
從文明的遠方來，她誦念
將文明往越遠的沙裡覆蓋。而生命
湮沒於更多的塵埃
天地間電線桿一根根黑的線段

無水河灘發著寡白的光。
有些破陶碎瓦在那裡，她踩過去
疼痛且歡快地體悟了，為解脫而來的她
到無語的泉水裡沐浴著
彷彿那裏有花，去飲沙中之蜜

她來這裡彈一彈琵琶箜篌，她唱
如何能把萬般煩惱一推而去？
不久以後會有本書寫就，關於今晚
她不是被等待的人
她是漢時的馬一路望這裏奔跑

樂園輿圖

向您保證這將是一個完美的樂園。
所有的笑容都是真的
遊園列車連接城堡與鐘塔
水池那邊，是最擬真的蠟像館
在如血的噴泉邊
請享用我們精心烘焙的蛋糕

我們將竭盡所能地服務
您不必擔心在園區內會迷路
關於方向，鬼魅與螢火都知道得更多
我們準備了鬼屋與摩天輪，當然

您想要再刺激一些
還有工地與戰場
我們保證所有的表情都是真的
您可以選擇隨意地在哪裡待一會兒
再前往下一座場館。
所有的先進科技都是為了確保您
在園區內全時段的安全與享受
並由衷地感到快樂

寧靜的空中揚起黑色的風。
那是昨天的熱氣球正嘗試降落
當自由落體墜落
您可以舉起雙手
或看少女們露出平庸的乳暈

所有尖叫也都是真的。
我們提供高解析攝影供您選購
若您看見雕像突然流下眼淚……
請不要擔心晚餐後會感覺無聊
水池周圍上演最盛大的煙火
想一想午後的戰爭
請不要為了遠方的饑饉哭泣

我們保證這是一個最完美的樂園
您可以在最短時間內獲得
最多的愉悅彷彿您完成許多次交配
然後在您朋友的額頭上
畫一個叉

我們保證此地是安全的。
但入園之後，請在此寄存您的手錶
以及其他會顯示時間的物品
並容我們提醒您
我們並不打算令您離去

希望之光

——致Harvey Milk，我們的希望之光

需要旗幟，令我們在人群中辨認出
彼此是安靜的。首先承認我有偏見
看得到光的地方或也能有影子
要走動並傾注那些將死的湖泊，令盆地
充滿海洋。令話語校準時間

浸坐沒有光環的星辰底下
要承認我有個快樂的名字但時常是
憂鬱的，為了不能恆常是我自己。
需要愛，需要

做愛，但也要
令一切安全如裝妥避雷針的鐘塔
毋須憂心何時暴雨即將來襲的夏夜
或其他季節。學習一切先進的做法比如說
熟悉親吻時乳膠的氣味，學習不伸出舌頭
學會不抱怨這並非真實的體溫
再度承認我有偏見。
畢竟，我太需要
愛。「再見了，世界。」
畢竟愉悅與幸福不能等量齊觀
總有些不能滿足留給自己去說
是以需要丈量白晝的氣候並記住它，等
黑夜燃燒記憶如焚森林源源的柴薪。等

湖畔終於也有流星那晚
再告訴我這裡已是安全的處所

「不會有疾病但需要床
　不會有惡魔來訪仍需要練習編織花環
　與之正確放在門口的方式」
哀慮與憂患、昨日
都已是昨日的事了
誰還在乎呢？要承認我有偏見
我懷抱星辰而不能睡，承認
水草豐美的月份正到達曆紙的背面……
空景一頁頁我填寫
填寫晨露與金星的位置
希冀每一天我醒來可以發現些新的道理

時間正迅速地流逝
甚至不及留存
濱線在濃霧中後退的樣子……

因此我們需要旗幟。在人群中
張揚彼此的命運是合於情理的

總在黑夜裡放牧的民族
戮力與自己的名字爭鬥
要相信它是快樂的並承認自己有偏見
「給予擁抱，
親吻，與
愛。來填補你們運河般
開鑿於身體內部的皺褶」

讓紙遮蔽月亮，偶有光線滲漏，宣告
受苦者結束了反覆穿刺與敲打的日子
終於卸下他們頂上的荊冠
回到沒有光環的星球底下
再告訴他們
這裡已是安全的處所

即使只有片刻一瞬
要記住街頭的氣候
在下一場暴風雨來臨之前
令一切能得到公平與安置

二十自述

想我二十那年花語紛飛，親愛的
沒有其他的話了。我曾言詞振振
拿標點符號分派語氣
分派季節，分派光亮與編序
是否我能挽回對不起與來不及的時間差
分派果樹一種枝枒
要它們結實成
好，與壞的，說二十那年看春櫻如雪
回望你掌心雲氣積累，閃電降落
我是蝶蛹猶有張遲疑的臉

親愛的，二十那年的說辭，那些
信箋以外的場景，我也都見過。
因此能久候你遠遠走來球鞋泥濘的身段
能為三月的暴雨放心
冷眼看四月裡群眾虛擲
與爭端的意氣——五月的雲底
再同你說雨季，貧瘠，都是昨是今非的地景
我能自己枯坐

「為了許多實際的理由，我感到
每天夢一般度過而盡頭
正靠近……」青春期的音樂
在床頭消亡，遲遲無法進化的我該拿甚麼來說

我像一隻鹿望著
草食豐美的水畔漸遠漸小漸遠……

親愛的，七月總是天幕晚降
我側一側身調整句讀，終於是累了
知道二十那年的碰觸、指印與膚色
稍事摩擦就將脫落片片
也不必強稱：短短幾年
不過看了一次閃電

自傳

「如果可以，我想將它獻給所有令我非常沉迷陶醉的美好人們。」
——二〇〇二年終

在鏡中我看見自己一再閃躲的
許多個自己[1]
在笑。知道世界末日之前
我必須完成一首最後的長詩，必須
獻祭黑夜的太陽水中的月亮
甚至我必須
強求自己不再像水仙一般自戀
世界末日之前我必須
刪除自己的過去如一個處子的純潔[2]

當然謊言[3]的面容都是非常純潔的。

兩歲未滿我早已明白
幻想永遠不足以強韌到能夠蓋起城堡
牆上的我的塗鴉彷彿
對應訕笑了那在襁褓[4]中孕育的
美如織錦的夢
「你找哪位？
　這裡除了虛妄不真[5]以外什麼都有。」
三歲，第一次接起電話我說。
四歲莫名愛上香精蠟燭
自此埋下成為布爾喬亞[6]的決心
（同時也想當
　太空人、消防隊員、三島由紀夫

因為那是四歲男孩共同擁有）
在我七歲之前
書架上是沒有詩[7]的
如同一隻阿爾及利亞動物園的年輕孔雀
還沒學會開屏就先展現了驕傲
剛進小學便養成睥睨世界的習慣
卻又
以為把爺爺的照片種在院子裡
會長出什麼[8]

我記得
十歲的生日蛋糕上插了十二支蠟燭
也許他們以為，立志
嫁給資本論的男孩應該被送進
台大醫科精神改造

可是我只喜歡在放學[9]之後
躲進冷氣房和麥當勞叔叔玩捉迷藏
他們說那是一種
墮落。
「我只是拒絕長大。」
每當選舉結束[10]之後我坐在沙發上睡不著覺

十三歲開始把名牌商標往
身上穿體驗虛榮的真義[11]
我當然明白
什麼樣的主題我應當書寫什麼樣的
意義如同我們從出生問到老死又從
新生問到老死的龐大命題我那年
十三歲立志成為詩人[12]或者詩人的影子

並且
很快認清所謂
世界末日只不過是有時近有時遠通常
在我們耳邊響起的一句口號
虛妄一輩子……
我用顫抖的手承接雨水風霜。
十四十五十六歲，熱愛
蹲在大提琴內用香蕉和吸塵器自慰[13]
喜好和厭惡漸趨二元[14]
終於
連閱讀都變成了一種偏執
（早晨在鏡子中看見自己的模樣
有許多種
無一例外地[15]笑著，我說
「陌生的自己在陌生的鏡中而

熟悉的自己在熟悉的遠方。」
笑容通往我唯一的孤寂）
年輕
竟稍稍變得笨拙而不知所措

迷幻藥。大衛杜夫。三得利。
機車。西瓜刀。夏宇詩集。
聖嬰現象。錢櫃雜誌。麻布茶房。
生活。統一純喫茶。星期五餐廳。
精工表。台客爽。充氣娃娃
寬頻網路。大學聯考。咖啡。
張愛玲。KTV。星座解命書。
十八歲的我早熟如一隻蘋果
自族譜沒落分歧的心跳一躍而下……

政治正確。歷史課。性幻想。
凱文克萊內褲。加州健身中心。
CD。補習班。同學會。
早晨起床
在鏡中又看見一個個自己
笑著。比世界末日更加溫柔
（來自不同面向反映出的許多種
臉孔，在
居住了十八年的熟悉都市氣候[16]裡
漸次形成某種生活態度）

當我年滿十八的今天終於
決定
用最後一首長詩當作我的自傳
書寫自己的人生

其實那各式各樣以不同形式
開放於我生活的形式主義
在所有偶爾[17]浮昇偶爾陷落的
姿態中
化為一首詩
獻祭紅色的月亮震動的太陽
在我純潔如處子（如一個
　　　　　　　　閃耀謊言的）
肌膚上
印出我用所有
起伏不定的喘息恐懼甚且[18]癱軟在
肢體上的肢體寫出
我的一部

超　級　精　選

如果我激烈表達／希望你能聽見／那個秘密
所有人都擁有／乳白色奶油質感的／夢／卻只能擁抱如此的溫度安靜睡著
過期牛奶換過包裝再上架／沉默的／毒殺
所謂溫柔／根本／只存在於回憶當中
米羅／馬諦斯／達利／超現實主義／在咖啡裡加五顆奶油球
我們的名字一出生便已命定／例如信義計畫區
某種聲音／不停呼喊著晦澀的愛情／在血液中凝結
沒有，也是一種解脫
脫下盔甲、面具然後／卸妝／才看見自己的疲憊臉孔
靈感陷入枯竭／這個時刻似乎已無話可說／無論委婉、激烈、或者痛切
跌倒在泥淖當中／依然要／強顏歡笑嗎？
除了頂樓／我也喜歡到海邊看夕陽／上色情網站宛如一個／徹頭徹尾的／布爾喬亞
你聽見了沒有／嗶嗶嗶／聽見請回答
不是今日之是也非昨日之非／日曆，老這樣總這樣
盒子裡裝的除了燈光和聲音／其實／還有愛情
刮鬍刀和刮鬍膏／電動或／手動／來回振盪共鳴發聲尖叫
被吃光的乳酪蛋糕／並不因為曾經存在而存在
如此這般，如此那般／一句話／重複千百次也該膩了吧

崔舜華專輯

崔舜華

女，西元一九八五年深冬時日生，年二十有六，寫詩邁入第八年。政大中文所碩士班畢業，現於私人企業任職採訪編輯。為主流平面媒體所斥，不登文學獎大雅之堂。嗜菸嗜夢，嗜讀偵探小說。反傳統，反壟斷，反過氣歌手與二流作家；擁戴美帝日帝霸權動畫，不成熟的女權主義傾向，新鮮柳橙與楓糖鬆餅。將寫詩視為一生志業，零散時寫散文與短篇小說，擅長細節敘寫與身體書寫，文字冷凝如雪，流轉如風，隱喻過多，性別意識極強。目前主要經營個人新聞台：密雲http://mypaper.pchome.com.tw/news/cathymo/。

權杖與花冠，女王或王女

——崔舜華論

謝三進　撰

崔舜華創作量豐且品質亦佳，在她從二〇〇三年開始經營的個人新聞台「密雲」裡，能見到她頻繁的詩作發表，幾乎成為其個人生命經驗的記錄，而這之中大多是她的感情故事，也有觸及女性身體或物慾的主題。綜覽其歷年來的詩作，漸趨成熟的運字能力並未使她成為一個仰賴技巧撐場面的詩人，在她時有轉變但始終具有強烈性格的詩風之中，每個時期的崔舜華都各自精彩。

崔舜華創作起步甚早，創作主題與思考大膽不拘，但語言使用上卻呈現古典與口語兩種不同的表現。古典者大多表現在四字、四字的節奏感：「一綹白髮，半盞涼茶」〈花季〉、「夜裡霧起，濃而辛香」〈夜夜夜夜〉；或表現在用字方面：「我以古典底語言寫字／以羽絨初茂的聽力／哼幾段俗美的樂曲」〈煙火〉、「每暨凌晨／宛如處於深海的密室」〈命名〉、「你曉我性喜詆毀／所有的惡言，都僅為認識你」〈深夜獨懺〉。而口語者如：「明明缺乏情誼／還是無顏退貨／握手、寒暄、擁抱／中彼此物質魅惑的毒／然後開始小跑步」〈ＰＥＴ〉、「真想和你一起散步／牽一隻狗，談許多話／但也許我並不希望這樣／也許我一點也不會喜歡」〈沉默〉。在她的詩句中，古典與口語二者並非衝突，總能適切交錯融合，古典營造出文字的深刻與凝練，而口語使她能不費力地貼近日常主題。

特別值得留意的是，當前七年級寫詩的女性不算少，但足夠自成一家者卻不多，具有女性面貌者更少，崔舜華在當前七年級女詩人之間應當已經站穩其不可動搖的位置。

作為一名女性創作者，在詩作中透露其女性特質並非必要亦非宿命，但作品往往透露著創作者的養份偏向——來自於文本脈絡傳授者較多，還是出自親身體驗多。崔舜華幾乎是一個以詩來寫日記的創作者，其詩作透露了她的經歷，虛構想像、文本接引的部份少，具有特定對象的表白、質問，或明確的場合，直接將她的女性身份安頓於詩句之中。

她的有些詩作中展現了女性經驗，有些思考女性身體（或兩性體膚關係）：「在重修五次的課堂上／你提問——為什麼／女人有知更鳥的咽喉？／為什麼做愛／適合在仲夏時節／一場淫蕩的雷雨之後？」〈我心中的瑰寶〉、「命名你為：我的國土。／在我身體虛弱時／難以順利地術馭／一套窗簾，一張床，一把扁梳／我的權位由這些構成」〈所有的邊疆都存在矛盾〉。而有些富有女性口吻的詩句更增加了她詩句的辯識度，如方才所舉〈沉默〉的例子，或者是〈所有的邊疆都存在矛盾〉裡：「匆匆一瞥，我們稱那為愛／或者，奇怪。」那樣，一個柔性但也極具個性的女性形象浮現。

PET

我向你致意
你向我微微彎腰
在各種絕版品之間
找到就地的午後

房裡有草、有樹
有親手栽培的花朵與風
為什麼仍舊無法知足
生活裡太多細綻
要用時間縫補

一面燃起菸
一面打開窗戶
洋裝是本週的特價獵獲
一個禮物
兩場對流
三方走動

明明缺乏情誼
還是無顏退貨
握手、寒暄、擁抱
中彼此物質魅惑的毒
然後開始小跑步

六月

直至六月
晚間仍起風
大約是時針不經心地指向
太平洋的時候

等待花紅葉綠
這麼普世的譬喻，使人歡喜
我鎖上了門，捻起了菸
塑造一種初夏的偈意

將久病的肌膚寫成了字
嵌入淺眠的掌紋

若你碰觸我，便可閱讀
從謐凝的晚嵐
到杜鵑的蕊心
我就是六月最棘手的隱喻

若你接近我，若你耐心
從地毯的邊緣行旅至床褥的胝摺
樂意並肩挨坐著
分享一首異域的歌
如同一行親密而潦草的簽名
留給六月午後的雨
窗邊溫婉的水漬

花季

每夜
你在夢中躲藏
等我挽好頭髮
溫柔焚香
為你啟程

巨岩般的樹林
堅冷暮色
你在群雁的風向裡躲藏
從霧的細縫探問：
如今，你如何獲悉——

你怎麼閱讀我
留在睡眠間的訊息？
一綹白髮，半盞涼茶
潑墨般神秘的書信
你在繚繞的晨光裡匿名
我年少的生命
猶如錯發的弦音

被褥尚溫
窗外晾印海潮的足跡
我前往無法定錨的港口
走一趟十年為期的旅程

以櫻花為酒
以雪餞行
我備好郵錢數枚，槳一隻
在空曠的北地
奏南國的風景

你在字裡躲藏
從手心遺落
我在原地等待善良的朋友
借欲望的附魂
看雲魅的流動

終究此生必須切切體悟
所謂孤獨

以及束縛
過度熟爛的語彙
散發出金盞花的氣味

我向凌晨的鬼靈作別
它的話語是草原的咒囈
一切生靈經由敘述
因而有了哲學的黃昏
你在碎金的夕色裡睡著了
你的疲倦是北國的花季

所有的邊疆都存在矛盾

命名你為：我的國土。
在我身體虛弱時
難以順利地術馭
一套窗簾，一張床，一把扁梳
我的權位由這些構成
現世如積木
那麼輕而空心

派遣你去戍守
睡夢裡的外交手腕
到最後身邊一人也不贘了

一尾金魚，一口井
一個徹底而可愛的暴君……
那麼孤寂地眺望著的隔夜的耳語
趁餘暇時重新編纂字典：
「生活：宇宙間最危險的形容」
第三頁——
「筆：女子肌膚的延伸意義」

做為莊嚴而年輕的寵官
你天真，且缺乏謀略
所有的邊疆都存在著矛盾
出航垂釣時
看搖動的湖心發起最微弱的革命
你望我時就彷彿已

為我握取了世界
為我培養了條件
匆匆一瞥，我們稱那為愛
或者，奇怪。

核心

此刻你想告訴我嗎
海浪的脈搏深及腰部
你的鼠蹊部聖潔而光滑
溫暖的水波書寫在
彼此接觸的紙面上

躡足走過沙灘，擊落一列
赭色的墨印
雲間伸下光色的筆
以巨靈的指讀取世間的意思
我們都站在這裡了

面對面地，誠實又拮据
像醒遲的蕊，氣候讓你神秘

此刻你還想要靠近嗎
活潑妄進，近乎死亡的
世上的一切……
是起始，又是斷然
遲遲渴望，而無法正眼相視
把我鑿成洞，滅成滏地
把我塑為說不出口的秘密

把你看作土
看作水紋，夏樹給予的新葉
一季又躊躇地掏空了自己
心的核心

沉默

——或許並不是喜歡你

我躺在床上，吸著菸
夕陽的顏色偏向一種淫靡橘
我的肌膚熟爛而柔軟
心在深處，產生動搖

如果選擇那雙鞋
朝失落文明的國度走去
那麼秋天的山呢？
在暴雨下擺盪的海呢？

真想和你一起散步
牽一隻狗，談許多話
但也許我並不希望這樣
也許我一點也不會喜歡

你離開之後
我聽見門鎖關閉的聲響
像是世間所有偶然的淪落
收拾散落的衣物
修潤寫好的文句

我面向世界的沉默
聽取溫柔的音樂
使盡生存的力氣
馴服體內的野獸

責怪

若你瞭解，便將不會責怪
向晚的時候我拉開窗
簾葉的皺摺觸及手指
如同陌生的他人的肌膚
某種違和的生命感
在指腹悄悄鬆弛

生命是漣漪，我從未
懷疑過，也許稍微偏斜
也許我曾經是某一窪積鬱的水體
在多雨的季節失去所有語言
奪取世界，以充滿自己

某種匱乏已極的甜美的偽善
流泛的意志，那是
如此透明

若我請你前來，若我
輕輕輕輕地俯身
為你回頭
即使墜落，我亦不會責怪
荒謐的天色盪遠所需的光
你是蜜一般的障礙
橫亙在我與極樂之間
只有我能理解，即使好像會
恨你，即使好像衰敗
絕不疲壞
而是相愛

蔣闊宇專輯

蔣闊宇

西元一九八六年，南投縣草屯人。畢業於台灣大學中國文學系，雙主修哲學，現就讀台灣大學台灣文學研究所。二〇〇八參與風球詩社之創立。曾獲台大文學獎、教育部文藝創作獎、台中縣文學獎、全國優秀青年詩人獎等，作品散見創世紀詩雜誌、笠詩刊、乾坤詩刊、衛生紙詩刊、文學人季刊、風球詩雜誌、台灣時報等。經營有部落格，蒼梧之野：http://torassyu.blogspot.com/。

末世之儒
——蔣闊宇論

郭哲佑　撰

如果一個年輕創作者首要的目標便是讓人記住，那麼闊宇絕對是成功的。他的詩一眼就能辨識，詩人的形象在詩中展露無遺——深情而狂熱，同時保有必要的冷靜；面對世界，儘管感到失望，卻始終懷抱著勇氣與執著。

從影響的脈絡來看，或可指出闊宇詩中有前輩詩人的影子。悲傷而不凝重的部分，顯然來自許悔之，如「願倔強都能開花／願虛無浸在蜂蜜」；而在一些用詞和句法上，則留下夏宇的痕跡，如「那可是槍響？／比我們更加不顧一切／為每年無望的革命／打一場瀕臨崩潰的游擊」；對楊牧的研讀，提供了一個適當而嚴謹的抒情形式，熔爐似的重新鑄煉前述二者，例如「涼薄且終須摺疊，雨停後猶緊握著傘

／收束起來的孤苦／像一片晴朗無雲的晚天」。由是，我們似乎便可以畫出閩宇詩作的輪廓，進而探求其獨特風格背後所繼承的典律。

但若僅以此定位閩宇的詩作，儘管並未失準，卻是遠遠不夠的。若做更全面的審視，將發現其中兩個重要的關鍵：首先，閩宇的詩往往有社會關懷之意識，可是寫作方式與一般定義之社會寫實詩並不相同，他是以身在其中的位置發言，使社會寫實成為個人抒情的一部分。如〈咖啡豆〉一詩：「今生是不允許發芽的種子／粉碎身體，磨平形狀／是默默吞下自己／長出來瓷杯裡苦澀的舌頭」，這是詩人與咖啡豆全然同情共感。其次，閩宇的詩裡總是有信仰與悲觀的兩股力量互相抗衡，頡頏不下；彷彿透析了世界本身所帶來的悲劇，卻仍然妝點著美好的形式，願意為信念奮不顧身的堅持。如同他的詩中自述：「祇有以時間為名義／我才被自己的信仰放逐／祇有以太陽為號召／陰影才能在身後不斷拉長」，此信念是詩，也是書寫的動力，是對於社會、對於人群的難以割捨，既然身而為人，就要試著為所有苦難的存在找一個解釋。

因此，我以為闊宇的詩作，其內在深深受到中國文學的影響。故闊宇書寫總從個人情志出發，然而人同此心，吾心即宇宙，回歸個人之後，反而對現實世界更有深情，而非僅以旁觀角度作刻劃；至於形式上的講求，則可以看成是一種化性起偽的姿態。這樣的特質，讓闊宇在同輩詩人之間獨樹一幟，他遙遙承續了傳統中國詩人的形象，文人即儒者。然而闊宇的心是澎湃的，難以掩飾的激烈與失望，層層包裹在美好形式的追求當中，雖有儒者的性格，卻更像末世之儒，詩作所透露的多是對於現實的無奈，並在其中努力站穩生活的腳步。面對一個不斷解體的舊時代，詩人杜牧曾寫下「霜葉紅於二月花」；而闊宇，身處同樣荒涼的世界，也始終相信「有一片海，容許一生的過錯」，在四處租售靈魂的城市，找出自己最終的安身之所。

咖啡豆

——獻給遠地種咖啡的人

最後一朵幸福的拉花
不能綻放的都在這裡
瓷杯裡是你久經沉澱的晚年
面色這般漆黑，凝重
失去了作夢的權利
祇好讓更多人因你失眠

這世界原來很不公平
那些等待收成的日子
即使最初的果實削去皮肉

還有依然堅硬的內核
在竹簍中碰撞著，堆積著
裝滿更有重量的人生

當遠行機翼帶走水溫土壤
長長的航線，一生所及
隔著麻布袋以外的陽光
如今這一切都已被人標價
可以密封，可以研磨
可以烘焙成另一種味覺

這世界原來很不公平
為一朵幸福的拉花，你在
磨豆機裡翻滾著，暴跳著

今生是不允許發芽的種子
粉碎身體，磨平形狀
是默默吞下自己
長出來瓷杯裡苦澀的舌頭

吉屋出租

——獻給現在和過去的台北

收拾好行李，清點過坪數
他們離去的心情寫在窗外：
吉屋出租。價錢誠可議。
徒留這座太多人傷心的城市
下雨的街道還要延伸，至少
他方很遠
不是近在眼前的日常

吉屋出租。傷心的人渴望流浪
任由傷心的住所，接納了他人

保留房屋的所有權
也保留自己，可供租售的靈魂
那標籤關於位置與租金
想來與我的速度無關
有的時代不需要停留
有的人，一生祇是為了移動
從希望到絕望，幸福與哀愁
刻在錢幣的兩面旋轉不停
像我這樣的人，需要一盞燈亮著
需要一個地方可以回去

好長，好遙遠的流浪
無關我是決心入住的人
三房一廳一衛，安全落地窗

無情的風雨今後能平心看待
坐落於二樓，不需要抓緊泥土
今天起適合讓一切懸空
不需要任何答案，我一個人
記住一個地址
地圖上標識自己的位置

但在靈魂即將關起的那扇門後
請給我一個寬敞的房間
請給我一張床安睡
請給我一張枕頭，承載所有夢境的幻滅
請給我一次停電的經歷
不需要繼續運轉，請給我
他者的手電筒，自我的黑暗面

我情願備妥流淚的蠟燭
點亮長長一生
並且不發一語地融化

終於我要在這裡住下來了
一扇門遮掩疲倦的靈魂
我的記憶需要空間擺放
走過的樓梯，如今已全數卸除
我祇求一把鑰匙重新打過
好把舊時光反鎖在門外
我祇求一方書櫃重新整理
那些故事終於放回原有的位置

吉屋出租。傷心的人從不停留

收拾好行李，他們離散的故事
至今仍無法收拾。而我的靈魂
貼滿了標籤是決心入住的人
出讓租金換來安全的住所
出讓自由換來愛情，出讓現在
這永無休止的現在我終於有勇氣
期待美麗的好將來

過去已經離去，未來尚未到來
下雨的街道還要延伸
流浪的人沒有回來
我曾遠走，現在我要入住
我曾經從房子換到房子
時代換過時代，而今我在這裡

在下一輪美好夢境結束之前
在大停電來臨之前我還要用
靈魂大力甩上肉體的房門
對自己坦承
在這個世界我已經願意留下
在這個世界我已經可以安全

炎涼
——抱著不合時宜的夢

路燈怎麼也照不到的地方
帶著心事遠離歸港的車流
不去掛念那往事輕煙
低頭卻說如此星辰，說不下雨
手上的傘是否不合時宜

時時想起水氣剝落的季節
便假裝不怕風浪的人
原諒一次出航所能撈回的故事
那麼冷漠，卻巨大像冰山

使我不眠不休地漂浮

撐開雨傘像撐艘搖晃的船
攜帶或放棄，看天色不看人
曾經點亮的星球在心中旋轉
如果銀河最終都流入大海
我能否溯回天堂

亮的城市，燈火點亮的海洋
人間的溫暖我能回想
唯雨衣都是有記憶的
涼薄且終須摺疊，雨停後猶緊握著傘
收束起來的孤苦
像一片晴朗無雲的晚天

在所有思考阻絕的地方

在所有思考阻絕的地方
讓我們的小孩幻想
那就是詩

——許悔之

在所有思考阻絕的地方
我有一所大房子
背對一整個雨季
背對一盞街燈，整夜消逝的時光
來到海邊，我有一所大房子
沒有老鼠，沒有一天不下雨

沒有蝸牛乾死
在自己的殼裡
偶爾探出頭，又縮回去
我有一所大房子，我不想離開

在雨真正落下來以前
我的焦慮，比旅程還要更長
長長的堤岸後面
是所有思考阻絕的地方
海鷗瘋狂地飛，飛魚躍出水面
未來，還要在更遠處

願倔強都能開花
願虛無浸在蜂蜜
紅白花開在微雨的天氣

明天要持續盛開，明天被雨水打落
明天的你
會在什麼地方

走吧，和我一起走
白沙灘上鞋印是空白
然而不是徒然
晴天有一天過去，雨天有一天過去
有那麼一個所有思考阻絕
阻絕的地方，可以打滾
可以任性地踐踏
有一片海，容許一生的過錯
為我們送行
到更遠的地方

陽光清洗

這一年春天的雷暴
不會將我們輕輕放過
——駱一禾

原來是夏天告別的力量
讓揮手的樹枝寫出誓言
當太陽和光線分道揚鑣
我選擇來到地上
佔用一格草地，栽種同一朵向日葵
由陽光清洗一生的摧折
身後的影像如瀑布湍急

漂流的果實，曾是泥地裡的種子
埋藏堅硬的卑微。耗盡地力抽高
祇為同一個解釋
可不可以，值不值得

祇有以時間為名義
我才被自己的信仰放逐
祇有以太陽為號召
陰影才能在身後不斷拉長
當往事飛散如風，吹響內心的孔洞
當陽光洗淨我的身體
燦爛將在入夜後平息

海棠

伊川披髮久為戎

——林朝崧

長長的路還不到盡頭
怎麼就立起石碑？海棠花開在國界之外
雨後把雙手攤平
水窪投影的世界這般沉默
失去了我所解釋的天空
破敗的青苔覆著百年心事
老文字也透露意義，濕的海棠

此身仍是舊時代的圖騰
不想終日祇看花的陰影，好辨明日光方向
我卻開始辨認我不是誰

不是淺水，不是陌生
更不放心水面上，那些順流遠去的人
我祇看日光沙漏傾倒出時間
把君父的碑文埋沒在谷底
等待山海移位的明天

我們在哪裡？我該往哪裡去？
掛念著最初記憶的種子
樹的吶喊，換來日漸堅硬的外皮

曾經捧在手中黃金的盟誓
不該讓它帶走最好的時光

我就要走了，畢竟
腳底的視野遠比天空開闊
鎮日哭泣的化外之花
春天裡披散頭髮，再懊悔也沒有盡頭的路——
終於可以遺忘住址
如今無處不是故鄉

帶著動物去革命

——獻給野百合

說過不打算收集炸彈的
那些過份臃腫的想法
讓我看起來像一頭憂鬱的乳牛
身上黑白分明的世界觀
自己擠奶，自己喝掉
在好風光裡想念回不去的草原

那些承諾終究是失敗了
革命的日子，已經沒有人再提

當沒有人知道什麼是戰爭譬如我
剩下來的時代這麼走，這麼走
如果革命是永不妥協
妥協就是革命的革命

從來我不是無辜的動物
但動物就是我的悲情
躲進去地洞，再挖更多的地洞
土撥鼠祇有閉著眼睛向前
或者看穿一隻大象在裝可愛
留著長長的鼻子，也就習慣了謊言
這個世界果真這麼可笑
所有過往的悲傷啊，就用笑聲來抵抗

那麼就去吧，帶著動物去革命
上刀山，跳火圈
我們世紀末的苦難嘉年華
盛大如同夏天最後一場雷雨
註定是要老死於平凡的
卻習慣一個人在歷史的陰影裡吹風
雲層那麼厚，雨點有雨點離散的故事
請不要去想他。親愛的朋友
革命尚未成功呢
請你這輩子一定要幸福

草原畢竟是虛構出來的
從此就滯留在城市，訓練松鼠
組裝可笑的衝鋒槍

練習在榴彈裡把自己拋擲
也防守過幾場絕望的愛情
擋住不斷撤離的人生
巷戰裡一退再退的日常
無奈祇有時間是持續推進的。滴答滴答的

那可是槍響？
比我們更加不顧一切
為每年無望的革命
打一場瀕臨崩潰的游擊

郭哲佑專輯

郭哲佑

西元一九八七年生，台北人，目前就讀台大中文研究所。
高中就讀建國中學時，郭哲佑參與校內紅樓詩社，對於現代詩開始有較密集的接觸。在台大中文系就讀期間，結識詩友蔣闊宇、陳慶哲等，為郭哲佑開始大量創作詩作的時期，此時曾獲台大文學獎、教育部文藝創作獎等。
郭哲佑於大學三年級參加風球詩社，擔任雜誌發行人與主編，對於風球詩雜誌的運作多有了解，並於二〇〇九年十一月出版第一本詩集《間奏》（風球）。
郭哲佑的詩作除了散見於報刊之外，亦常於PTT詩版、吹鼓吹詩論壇活動，並有一個部落格【間奏】：http://mnvcvx.pixnet.net/blog。

抒情滯留
——郭哲佑論

謝三進　撰

第一次發現哲佑的詩，是二〇〇八年的春天。那時我正要辦一份校內詩刊，欲引介吹鼓吹詩論壇「大學詩園版」給師大的同學們，翻找版上的詩作，在那時已經有些不比以往熱鬧的版上仍有兩個名字持續發著光：一個是羅毓嘉，一個是墨明。墨明便是哲佑使用過的筆名，而有些人可能會在ＰＴＴ詩版看到他的另個分身——Jerry0621。

讀哲佑的詩得細心，不能急。作為一個讀者，倘若期待創作者提供我們高度的領會，那麼也得付出相等的用心。哲佑的詩題總是很龐大、很抽象，但哲佑的詩卻從來不會流於空洞、虛構，在於他對日常生活諸多細瑣氛圍，確實有相當敏銳的體會。比如他不直接告訴你「雨林」，卻帶你跨越藤蔓與樹根交纏、蚊蚋爭相近身的現場；不直接告訴你他「明白」了什麼，但讓你逐字跟近他領會的心路歷程。哲佑並非寫實主義的信奉者，但他的詩卻富有「臨場感」——針對那些不易說明、難已再現的狀態、時空，哲佑總有他獨家且有效的說法。這與許多人僅止在詩中安置一個模擬現實的場景有所不同，哲佑的詩便是「案發現場」。

哲佑詩中「臨場感」的完成來自於情境的新譯：「那些蝴蝶與雜草／並不知道供奉的神祇是什麼／也漸漸佔滿了山谷／石上的字跡模糊／像線香纏繞在神像面前／緩慢燃燒／偶有人來，都是路過」〈小寺〉，透過蝴蝶、雜草與人無心的匯聚、經過，山間小寺的孤寂冷清更顯真切；或如〈假如今夜你在我的家〉一詩：「你沉湎於晚霞的臉／臉上形於色的時光步伐／緩緩走過我的房間／門縫裡遞給我／一張沒有署名的信」關於思念這件事，那封從門縫遞來的匿名信，巧妙地攤開了情感的割離性。隨著他對現場的重謄與翻譯，循此閱讀與思考過程中，讓我們對同一種習以為常的情境有嶄新的思考角度。

另一個他詩中常見的詩（思）路，便是透過關係的交待，完成某些難以被闡述的當下。「這裡，一切都顯得安穩／友人與我的談話仍進行著／陽光照亮了每一個細節／是如此清澈、明朗／彷彿那條我們追溯過的河脈／彷彿河中的你／到達了此地／已經可以不必再繼續往前」〈間奏〉，抽象的題目「間奏」究竟要闡述什麼？在友人與「我」持續著的談話、已經到達此地而可以不必再繼續往前的「你」之間，看似離題的描述，其實都在觸及生命中某個無罣礙、無芥蒂的當下，此應該便是哲佑所想要討論的日常生活旋律的「間奏」。當然也有處理自己與自己相處的詩作：「也只是擁有自己／這些日子，彼此都穿越許多邦國／陽光來過，雨水來過／我們一直是這座平原上／最耿耿於懷的小鎮」〈旅行〉，以不能移動、只能承受陽光雨水來去的小鎮，反向寫出旅行後的心境：「也只是擁有自己」，看似自由移動、不斷造訪新市街的旅途，其實都離不開面對自己的孤獨。

籤詩

還是找到了
那張你遺留下來的紙條
它被握在手中，塞在口袋
最後丟進洗衣機
字跡模糊，以致於無法確定
我們是否真的已經
背離了所有讖語

這樣也好
沉默的部分才是真實
像那些在電話中，不說話的呼吸

新聞中插播的廣告
而世界並不暗淡、破碎
屋外的盆栽仍在生長
蔓延新的斑紋
新的影集裡，主角的微笑還在
暗戀已久的同事
終於成為了自己的家人

但猜想你試過更多
在狹窄的巷弄等待大雨
卻有人輕易將你救起，放回床上
允許你寫出下一張紙條
許多不同情節
都有一句話可以形容

足以紀念，最盛大的一場洪水
有最小的形狀成為護身符
以為多年之後，彼此都能記得
每一道親自按上的摺痕

也只有安慰、懷念
看陽光，往更深的角度磨練
那些神秘的字句
只剩下細碎、空白的紙屑
不知道攤開之後
是否會有一張新的地圖
標明我們身在何處
但這樣也好，永恆只在當下
一些些遲疑就足夠
向彼此證明時間仍然繼續在走

小寺

樹枝間有錯落的陰影
依序到此，我隱然察覺的行蹤
那或許是你
或許是你虔誠的信仰
讓我站在陽光下
繼續往上

那些蝴蝶與雜草
並不知道供奉的神祇是什麼
也漸漸佔滿了山谷
石上的字跡模糊

像線香纏繞在神像面前
緩慢燃燒
偶有人來，都是路過

除此之外，可能
也不是我能夠看見的
如果一生只有請求安穩
聽風穿過樹林，陰影參差
說出發生的故事
希望你能原諒
我終究是更改了口音

假如今夜你在我的家

假如說今夜你忽然來到我的家
好久沒見你會對我說些什麼話
——林夕

其實我仍然愛你
像全世界的海水
都升高到海鳥的翅膀
在盛開的旗幟下翻出遠行的船與風暴
其實我懷念你的夢境
你沉湎於晚霞的臉

臉上形於色的時光步伐
緩緩走過我的房間
門縫裡遞給我
一張沒有署名的信

其實我正在想你
幻想擁有一整片菅芒草原
而我淹沒其中
風吹過記憶曲折的音符
金黃色的光芒與星辰
蔓延到今夜
你微微抬頭的額紋
其實我一直都想親口對你說

旅行

才知道自己擁有的不夠
當我身處遼闊的夜晚
徒步走過銀河
發現水面上，那些相似的倒影
原來都是不同的人

當晨起的列車在霧中前進
總是我最先醒來
站在窗前，觸摸水漬與積塵
看鐵道遠遠分隔風景
拉直纏繞的心事

我會是最晚抵達的
當我在途中寄了明信片
測量彼此的顏色
當你離開
面對歸途的旅客
始終沒有人願意與你擦身

也只是擁有自己
這些日子，彼此都穿越許多邦國
陽光來過，雨水來過
我們一直是這座平原上
最耿耿於懷的小鎮

間奏

穿過許多
以為沒有盡頭的長廊
陽光終於升到了頭頂
我看見來年的友人們徐徐走來
以嫻熟的語調對我訴說
這些日子
他們是如何的愛著我

而我不是易於遺忘的人
行旅途中，無數風景重疊在身上
卻始終未曾將我淹沒——

那是關於你
關於錯過、偶遇
在播放完畢的歌曲中
一杯水曾包容過的溫度與吻痕
我也從沒有帶走什麼
擁有的只是記憶
那些不斷在信紙與信封的距離之間往返
終致紛飛錯置的場景

然後走到了此地
這裡，一切都顯得安穩
友人與我的談話仍進行著
陽光照亮了每一個細節
是如此清澈、明朗

彷彿那條我們追溯過的河脈
彷彿河中的你
到達了此地
已經可以不必再繼續往前

海蝕

這是我們路經之處
腳邊有煙，像雪，像當年
清洗後的石階
第一個等待的人

未曾消失。這是我們
相遇之處，是磐石
海水浸蝕的隙罅
收納著淬鍊的音節
有人唱歌，歌裡的故事

遙遠地投遞至城市裡黃舊
沙啞的抽屜

讓我聽見風雨的殘跡。
這一生，幻想過徹底包圍你
握緊流動的掌紋
海浪拍打礁石
孔洞吹出溼鹹的句子
那夜車子停止，路燈都熄滅了
遠處的黑暗是海
彷彿我們正處於世界最深
最安靜的絕境

然後是新生的夢。夜在此
樓下有人走來
我想起曲折腳印下流動的海岸
是離開之處，像瓶中的沙
反覆傾倒
計算時間淹沒彼此的人生

湖岸

看到你在此
身旁是湖泊，風吹過
船隻曲折行走
我在岸上拾起落下的花
透過細紋遠望湖面
心裡明白
所有的一切，都在走遠

也學會在雨中撐傘
雨後收好
學會聆聽樂曲
在房間，靜靜讀陳舊的書

故事總是不及你說
終於我也學會一些牽強的理由
讓街道繼續往前
讓屋內的盆栽帶領我向陽
伸長艱澀的人生

九月的風在湖上
記憶沒有多餘，星空裡
所有光亮皆有次序
我緩緩打開窗
看見你停在相似的島上
將要熄滅
彷彿一隻迷路多年
終究歸巢的水鳥

林禹瑄專輯

林禹瑄

西元一九八九年月生，台南人。
高中時，林禹瑄即以筆名「木霊」活躍於吹鼓吹詩論壇、喜菡文學網等網路平台，並接連獲得全國學生文學獎新詩獎、散文獎，台積電文學獎新詩首獎、X一九文學獎新詩首獎、香港青年文學獎首獎等。進入台大牙醫系就讀後，除了參與風球詩社、擔任風球詩雜誌總編輯之外，亦接連獲得葉紅女性詩獎、台大文學獎、聯合報宗教文學獎等大獎。
林禹瑄的詩作散見各大報刊，並於二〇〇九年十一月出版第一本詩集《那些我們名之為島的》（角立）。

詩是面對世界的方式

——林禹瑄論

郭哲佑　撰

早在高中時代，禹瑄便接連獲得台積電文學獎、全國學生文學獎等大獎，早慧的詩才無疑使她在同輩詩人中最受注目。她的詩能巧妙安排句法修辭，使意象不斷地躍出，而也都能有合理的脈絡貫串，如〈隔壁的房間〉一詩首段，短短幾句，便出現了「杜鵑」、「窗」、「門」、「傘」、「我們」等數個物件，而這些物件又都能涵攝至作者營造的大情境「憂傷溼漉的雨季」當中。其次，禹瑄可說是七年級詩人中，最擅於使用轉化修辭者，如「時間發出金屬的高音」、「疾病的陰影緩緩攤開、爬行」等等，都是讓人過目不忘的佳句。其它舉凡譬喻、誇飾、對比，甚至是音韻的營造，禹瑄都能在詩中流暢的展現功力，這無疑是她一路過關斬將的武器。她的作品符合詩的一般定義：精煉的語言，變造後的文字，每個意象都找到了最佳的位置。

然而，剝去層層華麗外衣之後，細讀禹瑄的詩，卻可以在形式之外，找到詩人更內在的樣貌。我以為禹瑄詩作的發展，最大轉捩點在於短詩〈寫給鋼琴〉系列的嘗試；若大致以完成時間為界，則前期之詩作多以表達個人惆悵為主，詩中對於確切情節未有深入的刻畫——禹瑄迴避指出核心，她關注的是細節，企圖把周遭的一切收入詩中。以〈那些我們名之為島的〉為例，詩作以「島」象徵孤獨，不斷地把情緒化為紛陳之意象，卻不告訴讀者這一「孤獨」的來源、影響，詩人在意的只是「窗台」、「痘子」、「梨」。這樣的寫作策略，反而又與詩的另一定義悖反：詩是睿智的，指出某種宇宙生命的真相。然而，不願指出並不代表不了解，禹瑄不斷地顧左右而言他，實際上正是專屬於她之詩人個性的展現：矛盾、羞卻、執著，耽溺在種種瑣碎的事物裡。這些特質足以讓禹瑄與眾不同，其處處可以成詩，詩已經是面對世界的方式。

而〈寫給鋼琴〉系列，卻是禹瑄對單一事件作具體刻畫的練習。從此作之後，禹瑄的詩逐漸出現深入的情境，如近作〈牆外〉，雖仍有其一慣的句法：「曾經我們祈禱陽光都熄滅，我們的／願望都擅於躲藏和跳躍／我們游泳、跳樓、挖掘地道，」卻更願意衝破它們，而「在每晚的夢境之間／閃避一顆子彈」；結尾甚至將領悟的哲理脫口而出：「反覆練習撐太堅實的傘／然後明白：世界並不會因為一場暴雨／而安靜下來」。這樣的轉變並未使禹瑄失去個性，反而是在保留獨特風格之前提上，嘗試新的可能，這絕對是可喜的。

年紀輕輕，禹瑄便已確立獨一無二的詩風。寫作生涯很長，詩人的未來自然無可限量；而就當下成就而言，禹瑄也已達成許多創作者難以企及的高度。

隔壁的房間

那時我們曾一同看見
一叢杜鵑橫渡你的窗前
雨季提前掩至，你闔上門
我們小小的憂傷仍舊
一把經年的傘那樣溼漉

或者不只一次，在隔壁的房間
我們面著一道牆談論孤獨
彷彿談論明日的氣象
「依然有雨，」你說，瞇起眼睛
素描一道纖薄的日光落在唇上

「但我的沉默是可親的」
並且乾燥

如你的鞋底，以及
你曾反覆擦拭、刻劃的思緒
總是這樣，我們用一個陰沉的下午
和更多濕黏的深夜
往牆上拓印著記憶而後
習知了磚縫與地圖，
地圖與我們、與這世界的關聯

你得承認，你的鑰匙
並不樂於安居一如你我困在這裡
時間結成難看的疤，在我們的指尖

慢慢痊癒或者並不——
如果敲擊是我們對日子的唯一量度，
你還能不能期待明天如期待未開的鎖
還能不能對這牆的彼端擺出
一千種令人厭倦的面孔？

「譬如相隔了一個季節或一世紀，
我們毗鄰的疲憊與哀傷……」
在隔壁的房間，我們聆聽
我們對視，竭力思索一堵牆的厚度
是否足以藏匿你未竟的旅途
當你猶然在一個太長的雨季裡穿梭
生活：梳洗，行走，好好栽種一叢杜鵑
和你帶刺的小小憂愁

然後讀完一段不押韻的詩
「下一頁，隔壁
還有什麼？」

雨後

雨後的早晨我們開始
編派一些過潮的影子
和牠們未竟的故事
如果滿窗的曦光將為之
增添價值；如果這城市
被允許大霧

設想會有人
猜度牠們的氣味、個性
像窺探一把傘內裡的形狀

與顏色
設想這會是一個
落滿露珠的季節
而我們有足夠的記憶
可供堆疊，折射往復

「你知道，一些極亮的早晨總讓我
太過憂鬱，
又不夠孤單……」

我懂。沉默慢了下來
彷彿我們過於龐大的思緒
正漸次蒸乾、扁平
攤作地毯

而我們共坐其上，不打算
裁剪窗簾不打算晾曬衣衫
你說影子如霧，擁擠著
我們一身的裝容溼黏而華麗

那些我們名之為島的

整個下午只剩我們並肩
蹲在這裡，吃同一顆梨
讀同一首千行的詩但沒人開口
你將果皮削成了時間，盤在腳邊
很薄，很小心一如你的呼吸

和我們的房間：
窗台是行李，鐘擺是鞋而抽屜
是所有寫了一半的日記
我們的筆都太愛遠行，

太愛索居太愛遷徙並且
因此世襲了我們的驕傲與愁緒

世襲了日光側躺在你的鼻尖
不跳不動，像寂寞太久的花豹
像我們，淺笑，窮於表情以及辭令
——你知道，我們正默默懷想、
餞行的，是哪一盞尚未亮起的燈嗎

「冬日永遠不及融化因而
我們的影子，總是嫌冷」
那方背光的桌腳，你如是寫下。
而你是否記得，我們總是輕易地
用詩句引喻失義了自己？

其實我不懂，關於
所有已然失序的季節
如何退卻如一屏憂鬱的浪
遠遠地，縫圍我們如同對待
一座空城或是一顆
我們養在鼻梁正中的痘子
敏感且怕生

（你知道，整列下午啃噬到底也不過是
一枚不發芽的梨核端坐
在我們的鼻尖）

正當風持續迴行所有經緯，
像光，輕輕擦過我們背上

安好蜷曲的恐懼但無人知悉
我們還困在這裡，還嚼著
一顆微甜而澀的梨漸次
索然如讀一首千行的詩
我只能看你，看見我們在彼此眼裡只剩
一粒沙的影長，刺痛
我們小心蹲好的淚都無鹽，而不反光

夜中病房

在夜裡傾聽你的鼻息，彷彿
一列火車自遠而近，輪軌摩擦
時間發出金屬的高音
然後淡去，如同為你熬煮的草葉
在滾水中慢慢舒開蜷曲的肢體
點一盞燈，讓寂靜擁有溫度
讓光淌進門縫，滲過你的指尖、夢境
和體內日形廣闊的角隅
疾病的陰影緩緩攤開、爬行
我正聆聽

從未想過有個夏季如此降臨：
黏膩，但是少雨；有個夜晚
如此坦然而深邃，我面對你
想像窗外一場暴雨
匯流成雲，穿越一座闇黑的草原
來到眼前，敲打我們的思緒
而後梳理
生活的結變得溫馴，你睡著
額前平靜如傘裡的天氣
或一面鏡，疲憊與憂傷自由來去

我正聆聽，所謂喧囂也不過是
一列火車的途經所謂生命
何處抵達、何處過站不停

你無以逆知的遠方有何種光影
譬如我點一盞燈，譬如疾病
在你體內的角隅緩緩攤開、
攤開，直至無有摺痕與憂懼
而你側臥在彼，睡著
未知的夢境裡都有你的呼息
如此平穩、安心，我正聆聽

牆外

他們說：所有真理都曾是
太過堅實的謊言
還記得嗎，那道牆
穿過三座森林、十條河流
和五百個荒蕪的陽台
將嘆息與陰影分開
把光和自由圈養起來
像海困住一座島的氣候
而我們在比較乾燥這端
出生、行走、練習撐傘

偶爾眺望彼岸，那道牆
起初是鐵絲網，後來是磚
彷彿我們的習性、生活
在小小的門窗之間
被刀叉和鞋襪建造起來
一道環狀的牆，讓世界對我們
始終置身於外——
眾聲喧嘩，我們的沉默浮貼於壁
如此狹窄，和影子一起
在日升日落裡漸次透明、稀薄

那道牆，你是否記得
曾經我們鑿開細縫，竊聽雷鳴
或者窺視一場暴雨

曾經我們祈禱陽光都熄滅，我們的
願望都擅於躲藏和跳躍
我們游泳、跳樓、挖掘地道
在每晚的夢境之間
閃避一顆子彈
如同閃避一個早晨
以及所有曾試圖逃離的餐桌和窗口

「最好倒下。」他們有了新的說法
關於愛和信仰
或這道牆，被塗鴉割據
被酒精淹沒，搗成碎片
再收編進歷史的玻璃櫃
僅僅一個黑夜，他們說
他們拆除了所有昨天

並為此創建了眾多節慶與花園
而我們仍舊逐日醒來，逐日
被困在一個個太美麗的明天

「人們需要一些可見的、
真實可觸的……」他們解釋，他們狂歡
我懂，所謂時間的梗概，紀念
一些可供觀光的情節所謂謊言
悲傷、歡快、憤懣、愉悅……
二十年了，我們的孤獨
還端坐在牆的裡面，沉默、固執
反覆練習撐太堅實的傘
然後明白：世界並不會因為一場暴雨
而安靜下來

醒來之前

還記得嗎，在你醒來之前
我們曾有數個窗門緊閉的晚上
面對各自滿溢的衣櫥
或者擦拭未乾的雨傘和鞋
曾經我們得以用水滴落的速率
思索自己和明天的關聯
在你醒來之前，世界曾經
有曠日廢時的雨天

始終下著，生活從來不是
我們得以選擇的布料花色

生活是雷電，是容易受潮的衣領
是小小燭火面對暴起暴落的季節
這樣多情、纖細
彷彿你的記憶起了大水，畏光的夢境
卻不及學會泅泳、不及擁抱
更多的陰雨和黑夜
當你房裡的衣櫃和燈
漂流一整個原野，擱淺
在一片放晴的、
寬廣而陌生的海邊

你來到海邊
陽光正漸次晒出我們的影子
在你醒來之前，不要擔心

傷口或許很潮，水裡
或許有你撿拾不回的想念
不要擔心，這裡暫且無雨
再有溼透的憂愁
也都將一一晾乾、晒暖

寫給鋼琴

04

給你一根弦讓我聽見寂靜
給我一盞燈讓你看見黑暗
——在我們密封的音箱裡
持續地，我們交換著彼此直到
因為一無所有
而顯得寬大並且合宜

11

……我不知道，你說的是
一首交響曲
還是一個無風的夏日正午

我不知道。畢竟我總是徘徊
在過剩的音節和影子之間
卻惶惶找不到自己的席位

16

如果我譜下一列帶雨的和弦
潮濕的會是你的鞋底
還是一隻午夢的貓的眼角

世界很陰，我們的傘還晾在屋頂
孤單、透明一如我此刻輕輕按下的
一枚黑鍵的音色

56

如此看來，你的夢境
早已無法安居在一個雨季
寬大，並且迂迴
我來不及曬乾所有寫給你的信

於焉我們只能相對，交換
眾多生疏的語彙——
因不被理解感到幸慰與愉悅

65

未曾思及的下午未曾
履行的時間、夢
和糖果罐上的笑話……
我們再無法自外於一場夜雨。
我帶回你的鑰匙，卻不曾再訪
你遷往更加深邃的住址

70

海都向你去了。
我曾遠眺的沙灘，遺忘
其上的篝火，
再也燃燒不起的廢墟

與思緒，都合該有波折
像陰天該有燈
但海都向你去了。

73

也沒什麼不好這樣
草草結束的等待以及陰天：
我看著你你背對整個季節
面向衣櫥穿戴寂寞

或者端坐了整個下午也不過
是一列火車靜靜遠走
窗子很多，沒有一扇願意讓你招手

79

我的確會這樣醒來
看見一些影子，一些玻璃
和一些過於細瑣的愛與話題

無以為繼，彷彿我們投擲生活
正反之間，悅耳的圖案永遠
與時間相背

評論者簡歷

洪崇德

一九八八年生於嘉義。嘉義高中畢業，目前就讀淡江大學中文系二年級。曾獲銘傳文藝獎（二〇〇九）、白蘆文藝獎（二〇〇九）、二〇一〇年聯合文學巡迴文藝營新詩入選，目前為ptt實業坊poem板板主、然詩社社務委員。

認為好詩是千萬面形貌各異的澄澈魔鏡，創作者在或大或小的世界中安排有無，讀者則以自身的經驗指涉其中，化身千萬，映照出自我的本心亦或創作者。更多時候或許是與作者本心無關之誤讀，卻也因此而饒具詩意。經營有個人部落格http://www.wretch.cc/blog/bll135

吳宣瑩

一九八八年生於府城。寫詩，也寫散文，但更多時候什麼也不寫，任時光過去音樂過去，留下最好的人在那裡。我願意行走，願意停留，願意什麼都不做，將整個午後耗費在看陽光自緬梔樹篩落光影，而後暈開了，雪白花瓣上就有了鵝黃的心。剛自台北醫學大學呼吸治療系畢業。曾獲台積電青年學生文學獎、教育部文藝獎、府城文學獎等獎項，現為風球詩雜誌副主編。

陳建男

西元一九八〇年生，南投人。政治大學中文系、中文所畢業，目前就讀臺灣大學中文系博士班。寫作新詩與散文。曾獲教育部文藝創作獎、玉山文學獎等。

漾 PG0503

台灣七年級新詩金典

編　　者	謝三進　廖亮羽
策　　劃	楊宗翰
責任編輯	黃姣潔
圖文排版	賴英珍
封面設計	陳佩蓉

出版策劃	釀出版
製作發行	秀威資訊科技股份有限公司 114 台北市內湖區瑞光路76巷65號1樓 電話：+886-2-2796-3638　傳真：+886-2-2796-1377 服務信箱：service@showwe.com.tw http://www.showwe.com.tw
郵政劃撥	19563868　戶名：秀威資訊科技股份有限公司
展售門市	國家書店【松江門市】 104 台北市中山區松江路209號1樓 電話：+886-2-2518-0207　傳真：+886-2-2518-0778
網路訂購	秀威網路書店：http://www.bodbooks.com.tw 國家網路書店：http://www.govbooks.com.tw
法律顧問	毛國樑　律師
總 經 銷	聯合發行股份有限公司 231新北市新店區寶橋路235巷6弄6號4F 電話：+886-2-2917-8022　傳真：+886-2-2915-6275

出版日期	2011年2月　BOD一版
定　　價	320元

國家圖書館出版品預行編目

台灣七年級新詩金典 / 謝三進, 廖亮羽編. -- 一版. --
臺北市：釀出版, 2011.02
面； 公分. --（語言文學類；PG0503）
BOD版
ISBN 978-986-86982-0-8（平裝）

831.86 100000322

讀者回函卡

感謝您購買本書，為提升服務品質，請填妥以下資料，將讀者回函卡直接寄回或傳真本公司，收到您的寶貴意見後，我們會收藏記錄及檢討，謝謝！
如您需要了解本公司最新出版書目、購書優惠或企劃活動，歡迎您上網查詢或下載相關資料：http:// www.showwe.com.tw

您購買的書名：________________________________

出生日期：________年________月________日

學歷：□高中（含）以下　□大專　□研究所（含）以上

職業：□製造業　□金融業　□資訊業　□軍警　□傳播業　□自由業
　　　□服務業　□公務員　□教職　□學生　□家管　□其它_____

購書地點：□網路書店　□實體書店　□書展　□郵購　□贈閱　□其他

您從何得知本書的消息？

□網路書店　□實體書店　□網路搜尋　□電子報　□書訊　□雜誌
□傳播媒體　□親友推薦　□網站推薦　□部落格　□其他__________

您對本書的評價：（請填代號　1.非常滿意　2.滿意　3.尚可　4.再改進）

封面設計____　版面編排____　內容____　文／譯筆____　價格____

讀完書後您覺得：

□很有收穫　□有收穫　□收穫不多　□沒收穫

對我們的建議：________________________________

____

____

____

請貼
郵票

11466
台北市內湖區瑞光路 76 巷 65 號 1 樓
秀威資訊科技股份有限公司 收
BOD 數位出版事業部

（請沿線對折寄回，謝謝！）

姓　　名：________________　年齡：________　性別：□女　□男

郵遞區號：□□□□□

地　　址：________________________________

聯絡電話：（日）________________（夜）________________

E-mail：________________________________